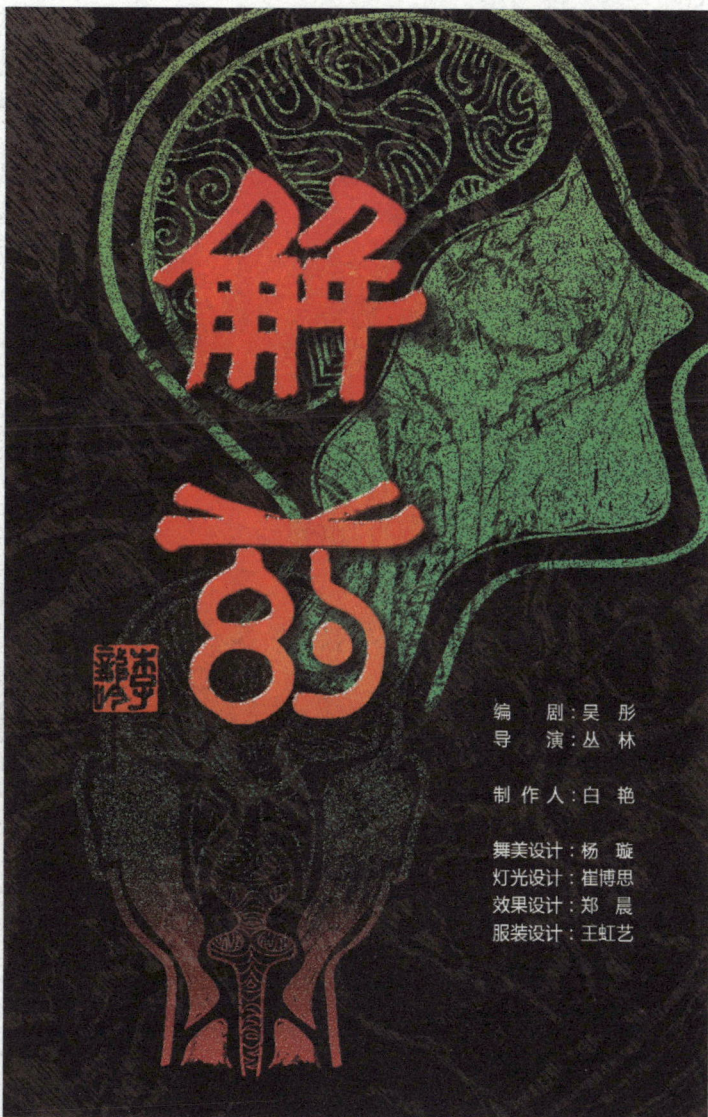

解药

编　剧：吴　彤
导　演：丛　林

制作人：白　艳

舞美设计：杨　璇
灯光设计：崔博思
效果设计：郑　晨
服装设计：王虹艺

U0608143

▼《解药》剧照　王小京／摄影

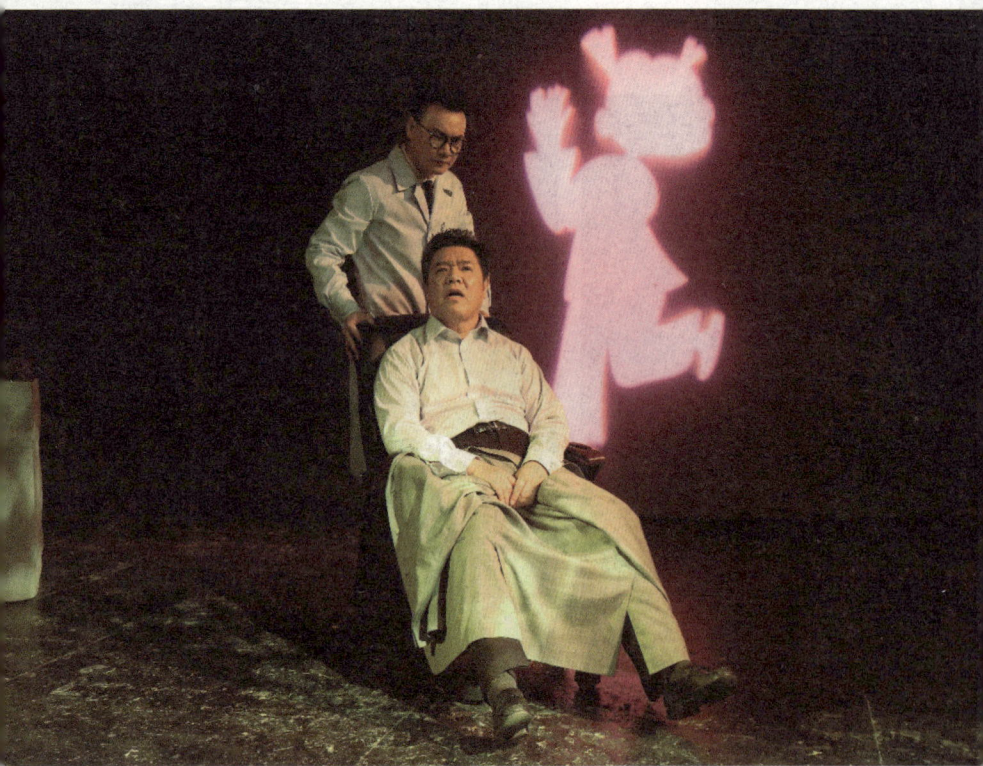

《解药》剧照　王小京 / 摄影

《解药》剧照 王小京／摄影

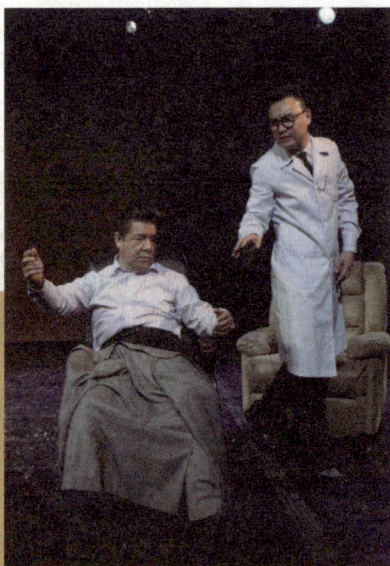

《解药》剧照

王小京／摄影

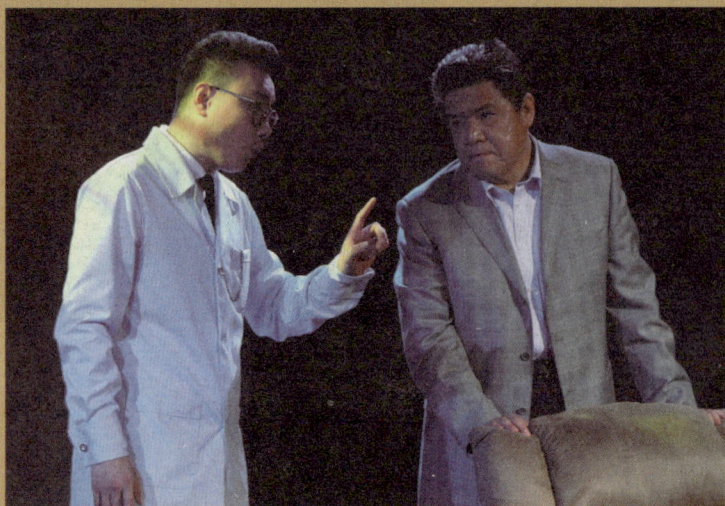

解药

ANTIDOTE

吴彤 苑彬 赵亮 著

敦煌文艺出版社

图书在版编目（ＣＩＰ）数据

解药 / 吴彤，苑彬，赵亮著 . -- 兰州 ：敦煌文艺出版社， 2018.10（2023.1重印）
ISBN 978-7-5468-1628-9

Ⅰ．①解… Ⅱ．①吴… ②苑… ③赵… Ⅲ．①电视文学剧本－作品集－中国－当代 Ⅳ．① I235.2

中国版本图书馆 CIP 数据核字（2018）第 221727 号

解药

吴 彤 苑 彬 赵 亮 著

责任编辑 : 张家骝
装帧设计 : 李 娟 禾泽木

敦煌文艺出版社出版、发行
地址：（730030）兰州市城关区读者大道 568 号
邮箱：dunhuangwenyi1958@163.com
0931－2131373 2131397（编辑部） 0931－2131387（发行部）

三河市嵩川印刷有限公司印刷
开本 787 毫米 ×1092 毫米 1/32 印张 8.25 插页 1 字数 140 千
2019 年 6 月第 1 版 2023 年 1 月第 2 次印刷
印数：3 001 ~ 6 000

ISBN 978-7-5468-1628-9

定价：39.80 元

Contents
目　录

【话剧】

解 药

Antidote

吴 彤

▲ 作者 / 吴彤

作者简介

　　吴彤，国家一级编剧，北京人民艺术剧院创作室主任，中国戏剧家协会会员，主要作品有话剧《生·活》(合著)《瑞雪长歌》《七点半爱情》，电影《防守反击》，电视剧《我爱我家》(合著)《低头不见抬头见》《电影厂的招待所》等，曾出版个人文集《那人那艺》。

第一场

光起。

【两个男人采用各自舒服的姿势,沉默着。

【少顷,一声清脆的枪声,赵天池一激灵。李明伦很镇定地开口了。

李明伦:你应该知道,我接受咨询是按分钟收费的,你在我面前已经沉默了十一分……(看表)五十秒了,五十一,五十二……

赵天池:你有义务向我保证——我们今天的谈话绝对不会泄露出去!

李明伦:(递过去一份文件)这是保密协议,我的签字在最后一页。

赵天池:我会补充一些条款,然后再签。

李明伦:没问题。其实您对于泄密的担心是不必要的,我可以坦诚相告:我们这里在关键部位加装了高保真视频监控设备,这是行业要求,但是从没出现过客人隐私外泄的投诉。

赵天池:你有你的规矩,我有我的方圆。把监控关掉!我又不是犯人!

李明伦:(耐了耐性子)这可是你托人、挂号、排队、加塞儿才约到了今天!……好啊,没问题,如果改了主意,随时可以撤销……

【李明伦说着按了桌上电话的一个键钮:庄秘书,下一位是几点?

赵天池:(忙摆手制止)我约的两个小时会用满!

李明伦:(眼睛盯视着赵天池,片刻后,手离开键钮)请便。

【啪——窗外又一声脆响。

【赵天池猛然站起,奔向窗前。

李明伦:没问题,是猎枪!今晚的餐桌上可能会有绿色食品了!

赵天池:杀戮!冷酷的杀戮!

李明伦:你是在动物保护协会有兼职吗?没问题,我们早就办妥了相关机构的许可。

赵天池:我怀疑这些机构的资质!

李明伦:你是想报警吗?没问题,我替你拨号!

赵天池:你很爱说“没问题”,你自己知道吗?

李明伦:谢谢提醒,我尽量不说了……

赵天池:你怎么不拨号?

李明伦:拨号没问题……抱歉我又说了……不过执法人员现在很忙,因为动物们很不听话,头天刚断奶,转天就想当首领,凑一块儿就往死了掐。它们也会揭竿而起那一套,造反,失败,再反,直到改朝换代。换了也不消停,谁也不服谁,一盘散沙。动物保护组织也很挠头,多次告诫我们,说严禁各种多管闲事的病人随意投诉、打扰他们执行公务。

赵天池:放心,我手气不好, N 多年没在马路边捡过一分钱了,所以 N 多年没麻烦过警察叔叔,我的意思是……我能出去试试吗?

【赵天池做射击状。

李明伦:(冷冷地)算时间的。

赵天池:你可以从现在起计时。

李明伦:(毫不客气,手立即按了电话键)庄秘书,接待一下。

李明伦:请吧。

【赵天池撇了撇嘴,出门。

【李明伦不以为然,争分夺秒按下了计时器。

【时钟滴答。李明伦随手修剪起指甲。

【啪啪两声脆响。

【赵天池从门外进。

李明伦:(不抬眼地修饰着自己的手指)有收获吗?

赵天池:一只山鸡。

李明伦:哦?枪法不错嘛!

赵天池:从前当过兵……那只鸡,死之前瞪了我一眼。

李明伦:活人的错觉!谁死之前都会瞪活的一眼,你比如萨达姆,你再比如……卡扎菲。

赵天池:(热切地)你这有科学依据吗?是研究之后的定论吗?除了恐怖分子,狼呢?狼死之前什么样?我猜一定是死不瞑目!

李明伦:没研究过。

赵天池:说真的,你——对对,就说你吧,你一个土里埋半截的人了——你设身处地地——想到过——死吗?(眼神直勾勾地)我说的不是寿终正寝的那种……

李明伦:你……别死瞪着我!(朝观众)谁挣钱容易啊?!跟这么直眉瞪眼的人聊俩小时死亡?!我靠!

赵天池:现在是我的付费时间,你必须回答——你想到过死吗?

李明伦:偶尔,不经常。

赵天池:(显露兴趣)那是怎么样的?

李明伦:还不错哦!

赵天池:(更在意地)什么感觉? 看见过一个光明的洞口吗? 毛茸茸的,温暖,湿润,安全……

李明伦:(故意引向歧途)痉挛,释放,然后平静。

赵天池:一片原始空白,回到婴儿状态的平静……

李明伦:你确定你说的是……死亡……的感觉?

赵天池:(回过神来)我正在向你寻求答案! 你刚说过你想到过死亡。

李明伦:(没好气地)我没感觉! 不过可以肯定的是,死亡不像你说的……像干那事儿似的……那么舒服!

赵天池:(失望地)怎么会这样? 凭什么就这么轻易阉割我的憧憬?

李明伦:(耸耸肩) 就是这样喽……你都看见了,我还活着, 就坐在你的对面! 谁叫咱俩谁都没死过呢?!

赵天池:(急躁地) 怎么搞的? 哪个环节出的问题?! 怎么就没死成呢?!

李明伦:我提醒你! 你是在浪费你的付费时间!

赵天池:连死都没试过,你凭什么坐我对面挣我这份钱?

李明伦:(强忍了忍)你确定想继续这个话题?

赵天池:我很确定。你问题到底出在哪儿了? 缺刀? 缺绳子? 缺煤气? 缺炸药?

李明伦:我有牵挂,我放不下,我不甘心!

赵天池:这么说,一个没什么念想的人,就能死了?

李明伦:这是该你考虑的问题。

赵天池:冷漠! 杀人的冷漠! 就这股子阴气,无处不在! 你眼神儿怎么阴森森的? 能把眼镜摘了吗?

李明伦:凭什么?! 这是我的诊所!

赵天池:我付钱了!

李明伦:也好,咱俩别兜圈子了。说实话,我了解你! 你来找我很出乎我的意料——堂堂一个名声在外的企业家,资产过亿,豪宅名车,锦衣玉食,工作就是度假,闭着眼睛钱就往你脑袋上砸,一定是脑子进水了才会想到死!

赵天池:我也了解你! 一个心理学教授,明面儿上人五人六受人爱戴,还兼职开着高档私人诊所,你一天到晚研究的不都是脑子进水的人?

李明伦:那我们可以像个朋友一样谈谈了。

赵天池:我从一进门就想这样。

李明伦:(理智无比地分析)20 岁的人自杀可能是糊里糊涂地死,可像你这岁数的人想死,那就是明明白白、毫不含糊地想死了。你想死,一定是想得义无反顾!

赵天池:死不成问题,我就是死之前脑子里还有些没闹明白的事儿！

李明伦：脑子进水的人我见过很多，可你进的不是一般的水！你逻辑清晰、思维严密、做事沉稳、判断力一流，凭着这些素质你轻而易举就捞到了第一桶金，现在你比谁活得都滋润……你凭什么矫情来矫情去的？你有资格想死吗?！

赵天池：我有的这些都不能让我真正快乐。

李明伦：你以为什么样的快乐是真正的？

赵天池：你快乐吗？真正的？

李明伦：又来了！是你来找我咨询！

赵天池：我们必须确保对于关键概念的认知处于同一水准，我们的谈话才是有质量的！平等对话，我要求的不过是平等。再者说，聊天嘛，反正是我出钱！

李明伦：（没辙无奈地）真正的快乐？（随口胡诌）……坐大车，走沙地，穿旧鞋，放响屁……

赵天池：（不屑地）整个一土财主！

李明伦：太下里巴人了？阳春白雪的也有啊——久旱逢甘霖，他乡遇故知，洞房花烛夜，金榜题名时……

赵天池：别翻故纸堆行吗？太旧！

李明伦：非用大白话说？那还不简单——想吃吃，想喝喝，想什么来什么，想干吗就干吗……

赵天池:你一个研究心理学的教授,居然给出一份白痴答案!看来概莫能外呀!压根就没真正的快乐!人这辈子,就是前面一根骨头引着,后面一根鞭子赶着,从天亮跑到天黑,就这么回事儿!

李明伦:我接受咨询,不接受人身攻击!你说谁追骨头呢?

赵天池:我这是比喻!得了得了,我说我追骨头呢,说我自己呢行了吧?就算美国总统也不能想谁见谁, 除非嗑药之后的幻觉!想吃烤鸭就来中国成么?赶不上奥运会来了也瞎掰!宰的就是洋鬼子!这想法本身就够二的!还想什么来什么……我倒想摘镜中花,我倒想捞水中月,我想回到学龄前,我想吃五分钱一包的江米条,我想坐在没拆迁的胡同口,看隔壁院的二丫跳猴皮筋儿……从脚脖儿一直跳到大腿……

【光渐暗。音乐起,伴着童谣。

【小皮球,香蕉梨,马兰开花二十一。

二八二五六,二八二五七,二八二九三十一。

……

【江姐江姐好江姐,你为人民洒鲜血,

叛徒叛徒甫志高,你是人民的大草包,大草包!

……

【舞台中间出现小女孩跳皮筋、抖拐,小男孩玩蹦弓子、搧三角、跳山羊的剪影。

【李明伦和赵天池拍着巴掌,成了观众中的一员。

【男孩在玩弹球,搧烟盒,抖瓷片。

【一阵阵孩童的嬉笑声。

【光渐变。

……

【随着啪的一声枪响,二人一激灵回到现实。

李明伦:一晃儿啊,二丫变二大妈了吧?

赵天池:再也没见过了……

李明伦:就是见了,也没意思了。还是留心里存着,保险又保鲜!

赵天池:没用,早没心没肺了! 我已经把自己透支完了,现在剩的就是一副空架子,一捅就漏,一戳就倒,彻底废了!

李明伦:你的意思是……得什么绝症了?

赵天池:是绝症! 精神的绝症! 我被抛弃了,无家可归,一个彻头彻尾的孤魂野鬼……

李明伦:(满腹疑惑)你是说……

赵天池:(沉吟半晌)我不会爱了! 连感受爱的能力都没有,我的世界是末日,荒凉、破败、寸草不生,剩下的只有你死我活,争斗、杀戮、死亡……

李明伦:我还是不大明白,简直就是不可思议! 你的意思是说……你连女人都不会爱了? 就连……

猴子都会的那一套,你不会了?

赵天池:你这是打探病人隐私!小心我控告你!你知道我说的不是这个!

李明伦:好吧好吧,我们不说性,我们说说爱!L-O-V-E!

赵天池:从现在起,别再跟我提"爱"这个字!

李明伦:你是不是在感情上受过什么强烈刺激?

赵明伦:比这个可怕!冷漠!我都变得禽兽不如了!还不要说路人、陌生人,就是父母、至爱亲朋,他们的生老病死也完全不能让我动心,我的心根本就是死的!硬的!谁也别指望我对谁产生任何的情感波澜!我就是一条赤链蛇,被冻僵了,今天比昨天冷,明天比今天还冷,直到彻底冷透,僵硬,打挺!GAME OVER!

李明伦:一个活死人!

赵天池:用词准确。

李明伦:症状从什么时候开始的?

赵天池:从我大四参加那次试验。

【光渐收。

【剪影再现。赵天池走近剪影,时序闪回当年。

【扮演李明伦的演员简单变妆后,成了易教授。

教授剪影:我观察你很久了,你是这拨毕业生里,企图心最强的一个。你很想创一番事业,快速地出人头地,我猜得没错吧?

赵天池:(点头)什么都瞒不过您!人生苦短,出名要趁早。

教授剪影:上帝很公平,得到的同时一定会失去,你还年轻,大可不必这么着急。

赵天池:我不一样。我没过得硬的爸爸,我必须算计!我是从山沟里走出来的,走一步算三步才走到了今天,已经没时间可以浪费了!

教授剪影:孤注一掷,急于求成!

赵天池:急,真急!做梦都能哭醒,请您一定成全我这个梦想吧!

教授剪影:如果你成功的代价是失去"爱"这种能力呢?

赵天池:我只要成功!成功会补偿一切失去!

教授剪影:看起来,你决心已定——甘心为这个梦想付出任何代价。

赵天池:不惜一切!

【教授拿出一个药瓶晃着。赵天池一把抢到手里。

【光起。

【李明伦从教授剪影变换回本色。

李明伦:矜持点儿行不行啊?

赵天池:(依然沉浸在当时的氛围里)那是一瓶教授发明的药,药瓶上还贴着一个小纸条,上面写着

"拢神丸"三个字!到现在我都记得真真的!教授说吃了这种小药丸,人的观察力和判断力会变得极其敏锐和精准,人也变得相当冷静,会更专注。以我本科四年学到的专业知识,加上这些特别的能力,将来一定可以功成名就,在社会上飞黄腾达。

李明伦:你吃了?

赵天池:(点头)严格按照青、橙、黄、蓝、红五种颜色的顺序,每隔十五分钟吃一粒,错了颜色的次序、间隔长了或者短了,都可能影响药效。

李明伦:这药还有吗?给我也来点儿!吃完我就不在这儿坐着了!

赵天池:会的!咱俩还会这样面对面坐着,你会很急切地跟我探讨死亡!

李明伦:凭什么这么肯定?

赵天池:因为这药有一种奇怪的副作用。

李明伦:每种药都有副作用,只要剂量控制得当,不会构成人体伤害。

赵天池:这种药的副作用不一般,人吃了以后,施爱的能力就会退化,最终消失。

李明伦:这个……有什么大不了吗?人一有钱,立马就会变成粉嫩无比的婴儿,人见人爱!再也用不着受累犯贱地去爱别人!比起成功、鲜花、掌声、财富,丧失爱的能力,简直是小意思!

　　赵天池:我当时就是这么盘算的。在教授的监督下,按照规定,我依次吃下了五粒小药丸。

　　李明伦:药性果真灵验吗?

　　赵天池:非常显著!创业之后,每逢关键节点,我的决定十有八九都是利好,竞争过程从没掉过链子,从此事业蒸蒸日上!

　　李明伦:太过瘾了!这种神药应该大力推广,我可以做代理,托人打通渠道,再挂靠个主管部门颁发个科研成果证书……不过丑话说前头,我六你四分成,再少我可不干……

　　赵天池:你是真该吃药了!先听我说完行不行?

　　【李明伦不情愿地闭了嘴。

　　赵天池:我是成功了,可我发现药的副作用也开始发作!而且不可逆转,情况变得越来越不可控制……

　　李明伦:举例说明。

　　赵天池:我变得十分冷漠,毫无同情心,对任何人都没有感情,即便我老妈去世,遗体告别的时候,眼看着我的亲人伤心欲绝,我却什么感觉都没有!我知道那个带我来到这个世界上的人走了,她的一生都在为我操心劳神,从此我再也见不到她了,我应该痛苦不堪、心如刀绞啊!可是眼泪呢?我一滴眼泪也流不出来!我竟然不会哭了!我简直连条狗都不如!

我算个什么东西?! 你,你能教我哭出来吗? 我愿意付钱! 一百万,一千万! 我都认! 我要出钱买我自己的眼泪。

李明伦:这个……这也太耸人听闻了!

赵天池:我老婆和孩子也知道我对他们毫无感情,我的部下更觉得我是世界上最冷漠的上司。我在这个世界上唯一关心的事就是赚钱! 小钱变大钱,大钱再生小钱,循环往复,永无休止! 我没朋友,没亲戚,没爱人! 谁都不认我! 谁都远远地躲着我,没人跟我交心,没人关心我的死活,你说这日子还有法儿过吗? 没活头了! ……我是实在撑不下去了,除非找到解药,找不到我宁可死!

李明伦:……你觉得我能帮你?

赵天池:只有你!

李明伦:凭什么这么肯定? 我的医术,其实也是半路出家……

赵天池:我找你是因为,你是易教授的嫡传弟子!

【李明伦大为惊愕,随即警觉。

李明伦:你到底是谁?

赵天池:我是你的病人。

李明伦:我不认识什么教授。

赵天池:我说的是当代著名学者易明教授! 你敢

说不认识? ——你的岳父大人! 你现任妻子的爹!

李明伦:(崩溃)这不可能! ……导师进行这么重大的实验,我不可能一无所知! 而且,还隐瞒了这么多年! 这……绝对是你的杜撰!

赵天池:自信是一把双刃剑! 聪明人一旦自负了,会变成傻蛋!

李明伦:我再最后重申一遍:本人不接受人身攻击!

赵天池:OK,我道歉。你的确算是聪明人,不过,完全是小聪明! 有小聪明的人呢, 就爱卖弄自己的那点聪明, 结果就会被大聪明的人看不上! 但是,你! ——你的聪明恰恰对我很有用! 要不我也不会找上门,给你这种小聪明付费!

李明伦:(揶揄地)呵呵,既然大聪明赏脸,愿闻其详!

赵天池:你可以帮我弄到解药!

李明伦:哼! 我到现在还蒙在鼓里呢! 你先给我解药吧!

赵天池:很好,这是我特别愿意建立的一种互惠关系——我拯救你,你拯救我! 我们谁也甩不掉谁!

李明伦:听着像是上贼船!

赵天池:你我一直就在船上! 只不过我们刚刚互相认出来。

李明伦：听你的意思，我们是校友？

赵天池：你得叫我师哥！

李明伦：（不信任地）待查！

赵天池：本人从不打无准备之仗！

李明伦：（看表）别啰唆了！你剩的时间不多了！

赵天池：我在网络上搜索过易教授和那种试验，没有特别的报道，只不过，有几条链接透露了这样一个信息：易教授去世周年的时候，校方为了对他表示纪念，曾经请他的遗孀，也就是你的岳母，捐出了他所有的工作日志……这批日志现在就收藏在咱们母校的图书馆，只有与本校相关的研究人员才有可能借出来……

【定格般的停顿。

【光渐收。

【留一束追光打到李明伦的脸上。

第二场

【一个月后。

【时间同上。

【地点同上。

【赵天池先以本剧导演的身份上场。

【赵天池督促演员、灯光等诸人员就位,然后坐在自己的座位上。

【灯光变化。

【李明伦早已坐定,和赵天池互相对望,气氛僵持。

赵天池:(质问地)为什么三番五次拖延见面时间?

李明伦:(公事公办地)我的预约很满,你不是不知道!

赵天池：上次分手我就约你两个星期之后见面……可你足足让我苦等了二十八天三小时零……五十三分钟！

李明伦：我的诊所不是为你一个人开的。

赵天池：我的钱也不是用来浪费的！

李明伦：好吧。既然见了，就都心平气和一些……你不是冲着我来的，你是冲着易明教授的工作日志来的！

赵天池：谁也不会做亏本的买卖。

李明伦：你好像很有把握？

赵天池：我相信你会动用一切条件和手段查到这批日志，换句话说，你比我更急切地想知道答案！按照时间推算，你现在应该已经看过这些日志了，有什么心得？或者发现？在下洗耳恭听！

李明伦：你是来刺探我的？

赵天池：我是在捞救命稻草！

李明伦：为什么缠上我？

赵天池：因为就你能拉我上岸！

李明伦：我也在水里淹着呢！

赵天池：你有救生圈。

李明伦：什么意思？

赵天池：你老婆！

李明伦：你说什么疯话？

赵天池：你老婆是著名学者——易明教授的女儿！只要有你老婆在，你就依然可以在易教授的光环下按轨道运行，你是傍着他的一颗卫星。你今天的人五人六，全都仰仗着易教授的光芒反射！为了能有今天，20年前，你才处心积虑让易教授成了你的导师兼岳父！

李明伦：(咬牙切齿地)我要告你诽谤！

赵天池：一个不想活的人还怕谁告吗？我是好心，想让你活明白点儿！真话实话最伤人，但也只有真心朋友才肯对你说！……我对你绝对是真心！首先，我们之间没有利害关系；其次，你极有可能是我这辈子结交的最后一个朋友，所以我对你绝对地不恭维、不客气、不掩饰，只说实话！……人一辈子说短不短，说长不长，早一天活明白早一天脱离苦海。我是过来人，真心给你下个评语吧，你这半辈子，说白了就是一吃软饭的！

李明伦：不许你侮辱我！……笑话！我李明伦虽然家产不如你，可我不偷不抢，不卑不亢！我挣的每一分钱都堂堂正正、来路清楚！我用不着为了"第一桶金"处心积虑去坑蒙拐骗，每天做着工商税务查账的噩梦！我更不会得什么怪病，低三下四痛不欲生地到处去找什么解药！你要是还有理智，你可以做个简单判断，我现在会怕你这样一个——一个连眼泪都哭不出来的可怜虫——向我要挟不成?!

赵天池:……好! 很好! 打个平手。

李明伦:怎么,你还想再来一个回合?

赵天池: 响鼓也需重捶! 一直以来我都太寂寞了,幸好你还活着。

李明伦:别想拿我当你的殉葬品!

赵天池:你也认为我行将就木?

李明伦:你身上的死亡气息顶风臭十里!

赵天池:(泄气地)好,骂得真解气! 我也讨厌我自己! ……我承认,我是个可怜虫,年轻的时候就急急忙忙透支了自己的一辈子,没等熬到老就已经把一切都用尽了。没了爱,没了目的,没了奔头;挣钱没意义,工作更没意义;人一天天衰老下去,腐朽下去,一天比一天麻木,一天比一天迟钝,头脑昏沉了,灵魂懦弱了! 完了,一点儿希望都看不见了!

李明伦:那你还坐这儿干吗? 你不是对死亡早就迫不及待了吗?

赵天池:(较劲地)且——慢! 就是因为——我知道你还活着,我就不那么迫切地想死了! 而现在,我惊喜地发现,你比我病得还重! 你比我更需要解药!

李明伦:(想尽快结束谈话)扯淡! 你睁眼看看清楚,我活得好极了! 我快活极了! 我家庭和睦、事业有成! 我有爱人,也有人爱我! 我活一辈子都嫌短! 行了,明白告诉你吧,你的病我治不了! 我不想挣你钱了! 你的诊疗费我如数奉还, 我们这辈子连同下辈子——最好永不相见! 我们——两清了!

赵天池:可我并不想就这么便宜你,我不能眼睁睁看着你这么蒙骗消费者! 你一个假冒伪劣的江湖骗子! 什么高级会所! 什么学科带头人! 什么博士生导师! 我呸呸呸! 别恬不知耻了! 我要上央视315给你曝光! 我要写匿名信寄你老婆单位兜你老底儿! 我要组织网上水军灌你,淹你,臭你,灭你! 叫你死无葬身之地! 叫你永世不得翻身!

李明伦:你心理阴暗! 你报复狂! ……你死有余辜! 你个……棺材瓢子!

赵天池:骂我什么我无所谓! 我就是想让你知道——怎么爱人我不会了,怎么毁人我可手到擒来!

李明伦:你以为我怕你? 能在社会上混到今天这份儿上,我也是沸水里煮过,油锅里滚过,十八层地狱走过一溜儿了! 你以为抓到了我软肋? 笑话! 我娶我导师的女儿怎么了? 她一不是小三儿,二不是"外婆",三不是童养媳,我李明伦娶她娶得光明正大! 我敢当街吹喇叭抬花轿再热热闹闹办一回喜酒!

赵天池:如果一切可以重来,你敢摸着心口说你李明伦想娶的真是她吗?!

李明伦:……你又刺探到什么了?

赵天池:(笑)我不用刺探。我也是男人。自然,你会把这一切的不情愿伪装得滴水不漏。你的墙壁正中永远悬挂着你导师的画像,你的笔记本里记满了你导师的语录,"导师崇拜"是你精心策划的一台戏,而你内心深处苦苦盼望的却是有朝一日取而代之!是你自己,自编自导了一场闹剧!你老婆——很可怜、很不幸地成了这场闹剧的牺牲品!

李明伦:你有什么资格指手画脚评价我的私生活?我老婆穿金戴银、衣食无忧,生活得很幸福!我们的婚姻必将道德而长久地存在下去!我会握着她的手度过我们的银婚、金婚、钻石婚!

赵天池:你简直就是厚颜无耻、贪得无厌的小偷、强盗加伪君子!

李明伦:(轻蔑地)你嫉妒我!你嫉妒这世上一切有家庭、有温暖的所有人!因为这辈子你已经注定得不到了!(咬着后槽牙发狠地)你注定了会风烛残年,遭人唾弃!你会孤独凄凉,蜷缩在墙角,毫无尊严地死去!你会死得比一只丧家犬还要恶心!

赵天池:(被彻底激怒)我现在就要看看到底谁死得更恶心!我要跟你同归于尽!你这个强盗!流氓!无赖!

【赵天池扑上去撕打,两人扭成一团。

【渐渐两人都没了力气,躺在地上,呼呼喘着气,看着对方。

【赵天池忽然发自内心地笑了起来,越笑越收不住,险些岔了气儿。

李明伦:你这个疯子!

赵天池:(渐渐收了笑)我们彼此彼此。

李明伦:你觉得你很聪明吗?

赵天池:(耍弄地)你肯定觉得没你聪明喽?

李明伦:你是个彻头彻尾的大笨蛋!

赵天池:(依然笑着)你说过的,不许进行人身攻击!

李明伦:你这人怎么……还死皮赖脸的?

赵天池:我现在觉得,你还挺好玩的。

李明伦:我可没工夫陪你玩儿!

赵天池:我们是多么般配的一对儿玩家呀!来,朋友,别老这么对立,放松放松,听点儿音乐怎么样?你这儿都有谁的碟?长笛不错,大提琴也很适合舒缓节奏,放松心情……

李明伦:你怎么突然之间高兴起来了?真见鬼!倒把我弄得烦躁不安!

赵天池:别急别急,你现在属于躁狂期,我有经验的,这你得相信我。吃点儿解药!快快,别藏着了,赶紧掏出来吧,我知道,就在你左边的那个抽屉里,五片就行!

李明伦:你真信世界上有解药这码子事儿?

赵天池:有来就有去,有生就有死……道生一,一生二,二生三,三生万物,一切都有因果,一切都有来由……

李明伦:看你垂死挣扎的可怜样儿,我跟你透个实底吧!

赵天池:别兜圈子啊,我可不禁逗。

李明伦:这个世界上,根本就不存在什么解药!

赵天池:拜托你说谎能说得用心一点吗?

李明伦:不信?

赵天池:我不是三岁小孩儿!你是想眼睁睁看着我死——你好拍巴掌跺脚过干瘾是吧?我死了对你有什么好?

李明伦:我继续过我的安生日子。

赵天池:你会有安生日子?你就不怕你老婆哪天熬不住了,做晚饭的时候顺手往你碗里撒一把砒霜?或者趁你睡着的时候,像勒死狗一样用长筒丝袜勒你脖子?再或者……

李明伦:闭嘴!不许你再提我老婆!

赵天池:戳到肺管子了!……完全理解,我也一样,最烦人跟我提老婆!成功人士的通病!

李明伦:(半轻蔑半醋意地)别装大个儿的了!你老婆不是那个——人见人爱、花见花开的电影明星吗？拿得出手、揣得进兜、哄得上床,是男人看着就眼红,怎么还不能提了?

赵天池:动物凶猛——这话听说过吧?! 说的就是我老婆! 爱上她就等于是被双规了,费神,费钱,外加独守空房和提心吊胆。

李明伦:多新鲜呢,S形的惹火身材,一掐一兜水儿的漂亮脸蛋,你图的不就是这个吗? ——身体好,表情多,就像运动员,不上场的时候,多余能量一定释放在夜店或者床上!

赵天池:你倒真有研究!

李明伦:男人么,呵呵! 不过我的结论是:越灵的药,副作用越大。

赵天池:我跟我老婆现在是两厢解脱了。得病以后,在我老婆面前我反倒轻松了,反正我那部分机能已经被榨干了,枯竭了,我活该被人嫌弃、冷落、戴绿帽儿……

李明伦:你老婆有外遇啦?

赵天池:凭良心说真不赖她,是我心里早有人了……

李明伦:霍霍,吼吼……身残志不残哪!

赵天池:谁心里没个梦中情人哪?

李明伦:你还真会聊天儿! 那个她是谁呀?

赵天池:她是我心里最后的一小块儿绿洲了……

李明伦:红颜知己?

赵天池:那是你的路子,我这个是两小无猜。她叫二丫。

李明伦:二丫? ……高台阶那院儿——跳"小皮球香蕉梨"的那个?

【舞台可以考虑"剪影"式的情景再现。

赵天池:是! 我俩一条胡同长大,一个小学坐前后桌,每次考试都是她帮我打小抄……她家门口有棵核桃树,每年结核桃的时候,我都上树给她摘青核桃,每次都摘满两裤兜。她特别爱吃白白嫩嫩的鲜核桃仁儿,我就帮她磨核桃皮,青核桃皮掉色(音 shai),把手都染黄了,怎么洗也洗不掉,回家老是挨我妈一顿臭骂……我们俩就守在那棵树底下,不冷不热的小风吹着她的刘海儿,她那一双毛茸茸的亮眼睛忽闪忽闪地望着我……现在想起来,我心里还是当初酥酥痒痒的那股子劲儿!

李明伦:不错。香椿苗拌桃仁儿,生拌的还是凉拌的? 你小子下手够早的啊!

赵天池:少废话! 那时候没人教我们生理卫生,少男少女情窦初开了,没人指点,能感受多少全凭造化! 多难得啊,最纯洁的感情! 现在的孩子不会有那种感觉了,都是激素催熟的,从童年直接跳过青春期,奔着性解放就去了!

李明伦:我倒喜欢现在的姑娘小子们,没有虚伪的遮遮掩掩,完全是赤裸裸坦荡荡的裸聊、裸婚、裸房、裸居,甭管是赤裸裸,还是"红果果",完全是招之即来、来之能战的路子,特别有那么一种效率!

赵天池:别说,这路子的确适合你们医生!快刀斩乱麻,手到病除,不留后患!怎么样?你战绩卓著吧?

李明伦:别提了,后患无穷!

赵天池:不会那么俗吧?二奶不甘人后,要求转正?

【李明伦摇头。

赵天池:三奶未婚先孕,成功登顶?

李明伦:(点头)说对了!怀孕六个月零23天,天天吐,吐完就想吃炸鸡……

赵天池:倒好养活!你是在肯德基麦当劳把她拿下的吧?

李明伦:瞧你丫幸灾乐祸那样儿!

赵天池:低级错误啊!绝对的!真不像是你这么阴险的人干出来的事儿!怎么?良心发现,觉得有愧于老婆了?

李明伦:也没有,就觉得两边不是人了!

赵天池:(一拍大腿)我高估你了!敢情你也是俗人一个!再握个手吧——好不到哪儿去,也坏不彻底;六根不净、狼性不足的俩俗人!

【李明伦把赵天池伸过来的手打到一边。

李明伦:你损也损了,骂也骂了,不如我们做笔交易吧?

赵天池:(拿腔拿调地)终于切入正题了! 你——有屁快放!

李明伦:我给你解药,你当孩子父亲! ——名义上的……

赵天池:你憋了一个月,就憋出这么个——"坏"来?

李明伦:这说明我慎重!

赵天池:就为了维护你人五人六、正人君子的名声?

李明伦:主要考虑这样可以最大限度维持我两个老婆之间的平衡关系……反正你跟你老婆也是假招子婚姻,没人在乎你又多出一个儿子!

赵天池:见过无耻的,没见过你这么荒淫且无耻的!

李明伦:半斤八两咱俩! 我们是通过互相谩骂的方式亮出了各自底牌。

赵天池:我们丧心病狂地把对方骂成了一面镜子。

李明伦:我中有你!

赵天池：你中有我！

李明伦：卑鄙、虚伪！

赵天池：自私、懦夫！

李明伦：可恨！

赵天池：可怜！

李明伦：一条线儿上蹦跶的俩蚂蚱！

赵天池：逃不掉你，也跑不了我！

【李明伦点头。

赵天池：我们俩……互相拯救？

李明伦：你觉得还有其他活路吗？

赵天池：怎么跟我想的不大一样啊？我记得，一开始是我掌握主动的啊，现在好像被你攥手里了，感觉不好！从哪儿出的岔儿呢……

李明伦：别那么敏感。既然已经沉到水底了，就别在乎是哪根儿稻草了。

赵天池：(不再纠结)成交！拿药来！

李明伦：慢！从下周起，你要以男朋友的身份定期看望孕妇大人！

赵天池：靠，谁跟谁呀我就又当爸爸了？

【李明伦拉开抽屉拿出一个小纸包晃了晃。

【赵天池只得顺从。

李明伦：而且——要把此孕妇当成己孕妇。

赵天池：(不耐烦地纠正）文词儿那叫——视同

己出!

李明伦:谢谢提醒。

赵天池:丑话说前头,此孕妇的前途命运,势必会同彼药效的好坏联系在一起!

李明伦:这个我有完全把握。我也有丑话想说——

赵天池:有屁——快说快说!

李明伦:吃了解药以后,你这个缺心少肺的人将渐渐恢复人类爱的本能,务请谨慎使用,尤其是对孕妇。

赵天池:靠!朋友妻不可欺——你也太不把我当人啦!

李明伦:当医生的都得把最坏的情况交待清楚。

赵天池:我认为这是对我人格的侮辱!

李明伦:OK,我收回!刚才我注意到了你的措辞,你说,我们已经是朋友了?

赵天池:(没好气地)口误!

李明伦:(被对方的孩子气逗笑)好吧,我先把你当朋友!特别提示:解药的服用顺序一定要按照红、蓝、黄、橙、青的颜色顺序,每半小时吃一粒!切切不可乱了次序!另外,算是友情提醒吧,此解药也有副作用,吃了药之后,你的判断力可能不像过去那样精准,观察力也极有可能不如从前那么敏锐。因此,如果你的事业从此走了下坡,可别算我的后账!

　　【赵天池犹豫片刻,毅然决然。

　　赵天池:单蹦儿我倒霉,拉钩上吊就是它了——

成交!

　　李明伦:(抽出一张纸)按手印儿。

　　赵天池:娘们儿德行!

　　李明伦:(要挟地)办不办?

　　【赵天池被迫照办。

　　【李明伦意味深长地将小纸包交到赵天池手中。

　　【灯光变化。两个人的剪影。

　　【光切。

第三场

【三个月后。

【时间同上。

【地点同上。

【李明伦烦躁地在桌前翻着台历,拿起笔在一个日期上打上叉子。

【门外一声清脆的枪响。李明伦吓了一个激灵。

【少顷。赵天池拎着一只山鸡出现。

赵天池:见面礼。省得你把我轰出去。

李明伦:快扔出去! 简直太血腥了!

赵天池:哟,几天不见,立地成佛啦?

李明伦:无情之人势必残忍,我早该想到的。

赵天池:又想激怒我? 把我骂成一面镜子? 兄弟,见面就是缘分,再说了,当官不打送礼的,我表现多好啊,主动上门,请你吃绿色食品,你看这鸡多肥呀!

李明伦:少说这没用的!孕妇都快成孩儿他妈了!你这个当爸的躲哪儿去了?

赵天池:夺人之美的事儿我赵天池从来不干,更何况是给人当爸爸这种美差!

李明伦:不讲信用,我要投诉你!

赵天池:我要感谢你!一个把有限的生命,投入到无限的专门利己的事业中,而且乐此不疲!

李明伦:我就纳闷,你怎么还活着呢?

赵天池:我惦记你啊,要死怎么也得拽上你,陪我啊!

李明伦:一点儿进步没有!怎么了?公司破产,快成穷光蛋了,又来找茬了对吧?我可事先提醒过你,你要还想无理取闹,我直接就拨110!

赵天池:拨110干吗?警察叔叔多忙啊,别动不动就麻烦人家。现在对于我来说,太阳每天都是新的,我就"赶脚"着,我的面前是一条新刷的雪白的起跑线,我就好比那初生的婴儿,水灵,新鲜!我就好比初夏清晨荷叶上的露珠……哎,你闻见清新的味道了吗?

李明伦:我闻见了老陈醋的味道!牙都倒了,您老人家多大岁数了还露珠哪?

赵天池:(顿了少顷)你真该给你自己开点解药。

李明伦:鬼才信那个!

赵天池:我可怜你了。当然了,自我否定也需要勇气……我能帮你做点什么?

李明伦:别演戏了!

赵天池:我警告你啊,你身上的负面气息已经传过来了,顶风臭十里的那种……弄不好你可真快成我了!

李明伦:(自顾自地)自己毛病自己知道!忙着呢!不送!

赵天池:再说一遍,我可以帮你的忙。

李明伦:我的忙你帮不了!我要去医院看孕妇!医生说就这两天随时都可能生!我还要买哺乳衣、婴儿床、尿不湿,还要办健保卡、准生证,去街道交罚款,去计生办做结扎……哪个没人性的定的这规矩!

赵天池:哈哈扎了好,终于把你"绳"之以法了,普天下即将成为孕妇的女人都可以松口气了!知道你这到处遗洒的行为像什么吗?——马路杀手!学开车,可从来不学停车!

李明伦:那你是恐怖分子,学飞行从来不学降落!

赵天池:好好,你是我的降落伞,行了吧?能让我当一回你的手刹吗?

李明伦:怎么讲?

赵天池:放了你老婆,娶了孩儿他妈!

李明伦：往哪边劝呢这是？你吃错药啦？

赵天池：我吃的可是你给我的那五粒解药！是假药吗？反正我感觉好极了，今天我是特意谢你来的！我松绑了，精神没了拘束，人心就会自由。

李明伦：你是说我给你的那五粒药丸？哈哈……你真幼稚得相信童话吗？这解药看来还真有副作用，你的智商眼见着噌噌往下掉！

赵天池：人笨点儿傻点儿不可怕，最怕的是不相信善意了。

李明伦：我这岁数已经不相信布道了！不管是摩西出埃及，还是唐僧奔西天，对我都没有任何激励和感化作用。

赵天池：话说得太满！对我，你可以不敬；对神，你不能不敬。

李明伦：我们换个话题。如果我跟你说，我做了大规模的文献搜索，从来就没发现有人提过你千方百计要找的那种解药，你做何感想？

赵天池：不置可否。

李明伦：我从你在校的年份起，地毯式排查了易教授的实验日志，我只能说，这个实验太有创意了！

赵天池：当然了！我现在好好地站在这儿，就说明易教授的实验是非常成功的！

李明伦：可你并不知其中的究竟。

赵天池:我活过来了,这就足够了! 所以我对你心存感激,我要回报给你我的爱! 我终于有这个能力了——所以,我来劝你离婚!

李明伦:说什么梦话!

赵天池:坦诚对待你的内心,也坦诚对待他人! 放你不爱的人走吧,对你在乎的人,担负起责任! 我愿意帮这个忙。

李明伦:你真让我惊讶!

赵天池:经历过这么多年的不快乐,我总算弄清了这回事——真正快乐的人,是宽容的人,是有能力关怀别人的人。

李明伦:如果我告诉你,那五粒解药——

赵天池:慢! 我来猜猜。到底是什么药,居然可以左右人的爱心?

李明伦:对不起,你慢慢猜吧,我还得赶去做结扎……靠,都这岁数了, 还是落个被人阉割的下场!

赵天池:你这近乎自残的举动折射出一种伟大的人性光芒,你觉出来了吗?

李明伦:没! ……我这是万不得已……

赵天池:最起码,我看见了你努力向善的诚意,孩儿他妈知道了一定会感动, 这才是男人该有的范儿!

李明伦:别忽悠我了,回头我再脸红了可怎么收场啊?

赵天池:行善或者作恶,都在意念。行善之人,如春园之草,不见其长,日有所增;行恶之人,如磨刀之石,不见其损,日有所亏……你要"我佛慈悲",就可以善缘广聚;你要冷酷无情,就注定孤家寡人,选择权在自己手里。

李明伦:你来,过来!坐我这儿!咱俩可以换换了。

赵天池:干吗?

李明伦:几日不见,道行见长。你给我测测,我,出什么毛病了?

赵天池:还用测?杂念太多,私心太重。听我的,离婚——给你老婆自由;娶二奶——给孩子妈一个名分。

李明伦:晚了。我老婆得癌症了,医生说,最多半年……

赵天池:(惊愕,半晌)造孽!

李明伦:一边是老婆,一边是爱人,一边是名声,一边是道义,把我大卸八块也架不住四面楚歌啊!

赵天池:人在做,天在看。你老婆这辈子跟了你,真够冤的!

李明伦:我想过,我会尽力补偿她!我要带她去旅游,周游世界,去地球最美的地方!

赵天池:走不动了。

李明伦:那我带她下馆子! 从皇家宅门到私家小馆,只要她喜欢。

赵天池:吃不下了。

李明伦:那我把钱、财产都归她的名下! 随她怎么处置。

赵天池:带不走了。

李明伦:那你让我怎么办? 我还能拿什么给她?

赵天池:爱。

【李明伦顿住。

李明伦:这个……真没有! ……从我娶她的那天就没有! 我从没爱过她!

【赵天池紧紧盯着李明伦。

【气氛僵持。

【李明伦终于泄了气。

李明伦:……好吧好吧,你说对了,我们的婚姻是我下的套儿,为的就是接近易教授,成全我的人生坦途。我含辛茹苦,步步为营,强撑着这个外强中干的家! 说出来不怕你笑话,我过的不是人的日子……"霸王硬上弓"听说过吧,就跟电影导演一进现场,见了摄影机就想吐一样! 我每天晚上上床之前都要靠烈酒壮胆、壮色。

赵天池:酒是穿肠毒药,色是刮骨钢刀——服毒心变黑,好色气变短,心气儿终渐衰……你能活到今天真算命大。

李明伦:六千多个晚上,我真佩服自己我是怎么熬过来的!

赵天池:你老婆什么时候发觉你根本不爱她?

李明伦:入洞房那天。

赵天池:女人心,海底针……

李明伦:她的错就在心存幻想。

赵天池:想着有朝一日水滴石穿?

李明伦:可偏偏我就是一块顽石!

赵天池:她就一直这么忍着?

李明伦:因为她爱我……

赵天池:你们俩一直没孩子?

李明伦:是,可她特别想要一个。

赵天池:所以你更加的罪孽深重!(少顷)一定要瞒住她!有关二奶,有关怀孕!

李明伦:她已经知道了……

赵天池:硬扛!打死也不承认!只要你说漏一个字,那就相当于一把尖刀,直扎她的心窝……太可怕了!从现在起,必须珍惜和你老婆在一起的分分秒秒,否则你会良心不安,无论华府豪宅还是锦衣玉食都改变不了你内心的不快乐,因为你欠了还不清的良心债。信我一次!

李明伦:(仔细看着赵天池)行医这么多年,你第一次让我迷惑了!我不知道你该算是个奇迹呢还是个异类——我发现你的病居然真的不治而愈!

赵天池:何以见得?

李明伦:你有同情心了,能感受别人的痛苦,愿意分担他人的不幸,你的爱不但复活了,而且充满了你的内心!我不知道用医学如何解释这个现象,但是我可以断言,你现在完全是个正常人了,你有付出爱的能力和责任感,你会得到他人的尊重和欣赏,当然,特别是女性……按常理,我应该祝贺你!

【赵天池和李明伦第一次握手了。

李明伦:但是,事已至此,我必须告诉你真相。我给你的那五粒小药丸,不过是普通寻常的维生素而已!

【赵天池并不惊异。

赵天池:你就不怕我告你欺骗消费者?

李明伦:在你面前我已经赤裸相见了。你对我做什么我都认了!

赵天池:中国的医患关系要都像咱俩,那得多和谐呀!

李明伦:(苦笑)你就放开了活去吧,你身体没什么大毛病,就是心理强迫症导致的行为失常。

赵天池:有进步!——为着你对我说了真话,我要送你一个礼物。

【赵天池说着从兜里掏出一个精美的包装瓶。

【赵天池打开了小瓶,从里面倒出了四粒药。

【李明伦惊讶。

赵天池:你猜对了,这里边是四粒,另一粒在化验室。我一粒也没吃!

李明伦:你……到底信不过我!

赵天池:错!人最怕的是在同一个地方摔跟头!

【李明伦做个手势表示理解。

赵天池:化验结果不用我再转告你了吧?

李明伦:胶囊版果味维 C!

赵天池:感谢手下留情,胶囊里没发现皮鞋的成分!

李明伦:既然谜底你都知道了,干吗还来找我?

赵天池:咱俩是一根线上的蚂蚱,我不能刚从井里爬上来就只顾自己逃命!

李明伦:(笑着)你想救我?

赵天池:(点头)我是想证实一下,当年易教授给我的那五粒……

李明伦:更廉价的维生素而已!

赵天池:你确定?

李明伦:当年的实验日志上写得清清楚楚:易教

授从头到尾只做了一件事：成全了你"想要成功"的意念。

赵天池：那么好，作为你导师的实验品，我现在有权提个要求，请你替你的导师兼岳父解释一下。

李明伦：人类进化的目的是成为有精神力量的人，人的成功与失败，分水岭在于意志力的强弱差异。成功者常常是意志力坚强的人；失败者常常是意志力薄弱的人。通过训练和提升意志力，就能使一个人获得成功的强大助推力。易教授的那五粒药就是提升你意志力的药引子！

赵天池：（鼓掌）很好！凭着这番解释，你有当博导的资质了。

李明伦：开什么玩笑？我带的博士生加起来有一个连了！

赵天池：说明你误人子弟已经不是一天两天了。

李明伦：我应该在易教授的实验结果中再补充一条：患者爱心复苏，并不意味着道德感增强——以前缺德的或许比之前更缺德行！

赵天池：（已经是善意斗嘴的语气）不许你侮辱我！

李明伦：我以博导的胸襟，决定不和你一般见识。只解释一句，这次我没有点破解药的玄机，就是想再次验证一下教授的实验结果。没想到聪明反被聪明误,倒被你戏弄了一次。

赵天池:之前我就说过,你是小聪明! 不过好在你说的都是实情。其实我也早就下了诊断:你我缺的都是心理上的维生素。

李明伦:怎么又把我扯进去了?

赵天池:你病得比我重。

李明伦:我最烦人给我诊断。

赵天池:那好,你现在就去结扎,这不用诊断。

李明伦:看我笑话?

赵天池:看见了吧——多疑,病情之一! 老把人往坏处想。

李明伦:哎! 我倒是很好奇啊,你是怎么就想开了? 你不闹心你那二丫了吗?

赵天池:她早就嫁了人,虽然丈夫很普通,挣钱也不多,可是很疼她,反正比我过得好,所以我放心了,我把她从心尖上卸下来了……卸下一个人可真轻松啊! 轻松就是快乐的前奏。

李明伦:可我谁也卸不下来,两头背着,而且越背越沉,那天我照镜子,吓我自己一跳! 我怎么都驼背了? 眼袋下垂皮肤松弛眼神呆滞,心力交瘁的那副惨样! 我费心费力地支应了大半辈子,就为着换来这样的生活吗? 不怕丢人,关上厕所门我自己哭了一个小时!

赵天池：放下，清空。我没别的好劝你。

李明伦：谁难受谁知道！

赵天池：科学家做过一个实验，给你两百块钱和两种选择：捐慈善或者揣进自己腰包，请你选择以你最快乐的方式花掉。结果，百分之七十三的人选择的是捐慈善！——其实人世间最大的快乐来自给予，而不是得到。我虽然很晚才悟出来，但我悟得很彻底。

李明伦：立地成佛的事儿听说过，没见过。

赵天池：人一做了企图心的奴隶，就身不由己。人心多大点地方？放多了东西，再压上块石头，人好受得了吗？只有放下，清空……唯一选择！

李明伦：说得跟牧师似的！

赵天池：宗教也无非心理安抚剂而已。

李明伦：人和人不一样，我心里不用清，原本就是空的，可就是什么也放不进去了，又空又满，又饥饿又存食的那股子劲儿，吐又吐不出来，吃又吃不进去，活受罪！

赵天池：真可怜！

李明伦：知道吗？我老婆上礼拜到二奶产房去过了……

赵天池：(惊愕)她想干什么？

李明伦：同归于尽。

赵天池:太可怕了!

李明伦:还好,被大夫护士拦住了……

赵天池:现在人呢?

李明伦:暂时缓过来了,在医院输液呢。孩儿他妈惊吓过度,有可能早产,我真怕肚子里的孩子有个三长两短,那我可真是竹篮打水一场空了!现在单位里也传得沸沸扬扬,这回我算彻底"出名"了!

赵天池:你打算怎么办?

李明伦:(苦笑)凉拌!……这一阵也怪了,越是临近产期,我就越怕看见我儿子生出来……

赵天池:你是没想明白该以什么身份去面对!

李明伦:准确!也就你能点破这层窗户纸!

赵天池:按我说的做!

李明伦:推翻一切从头再来?太累了!早十年也许来得及。这辈子,就这样吧,你今天来得正是时候,是到了该为我自己的行为负责的时候了!

赵天池:做了结扎就算负责了?还是,只想表示一下?

李明伦:你也觉得这种偿还太轻了?

赵天池:和你祸害的这两个女人比,几乎微不足道。

李明伦:你也这么觉得……

【李明伦陷入绝望的沉默中。

【忽然"啪"的一声枪响。外面有人兴奋地嚷:"打中了! 打中了! 是一只鹿! "

【另一人声:"你看花眼了! "

【李明伦陡然一个激灵。

赵天池:(缓和气氛)别把弦绷那么紧! 我把我的"拢神丸"送你了! 你正缺维生素!

李明伦:(苦笑)药效太慢,我等不及,而且,我怕副作用。

赵天池:亏你还开着心理诊所,你还怕什么?

李明伦:怕疼……怕死……

赵天池:你不是笨人,知道前边是死胡同还非走到底?

李明伦:抽烟的人都知道吸烟有害,可还是一口一口嘬得美着呢!

赵天池:精辟! ……你也可以用易教授的那招儿啊,运用你的意志力……

李明伦:我想过……不止一次地想过……(仿佛做出了决定)你真的可以帮我,没有比你更合适的人了……

【"啪"! 外面又是一声枪响。

【李明伦和赵天池面面相觑。

赵天池:你太紧张了,出去散散心,我可以陪你。

李明伦:这个提议很靠谱……今天天气不错哈?

赵天池:打猎的好日子。

李明伦:我记得你枪法不错?

赵天池:是啊,我当过兵。

李明伦:射击的要诀是什么?

赵天池:出手快、准、稳,除掉杂念,毫不犹豫。

李明伦:客观要素呢?

赵天池:当时的风向、风速、技术、运气,还有枪的口径,都有关系。

李明伦:愿意实地教练教练吗?

赵天池:现在?

李明伦:现在。

赵天池:你怎么突然有这个闲心了?

李明伦:累心累得时候大了。

赵天池:你愿意当我徒弟?

李明伦: 你是对的,咱俩是拴在一根绳上的蚂蚱,只有你是我的对手,只有你能救我……

赵天池:多奇怪呀,我和你——我们通过咒骂互相认识的自己! ——你的名言。

李明伦:我们彼此把对方骂成了镜子! 人生多么荒唐!

【李明伦沉默片刻,从文件柜的顶层,拿出一支手枪。

李明伦:打猎用有些可惜,不过确实是把好枪。

【赵天池有些茫然,犹豫地接了,端详。

赵天池:(欣赏地)这把枪还没用过呢。

李明伦:是,就等你给它开光呢……

【赵天池和李明伦面对面站着。

【光渐收。两人成剪影。

【赵天池慢慢抬起了枪口。

【黑暗中传来一声枪响。

【隐隐传来急救车的笛声。

第四场

【两个月后。

【李明伦办公室。

【赵天池默然一个人站着。

【少顷。

【赵天池从身边拿出一幅包装着的相框。

【赵天池缓缓除去包装纸,露出李明伦的遗像。

【隐隐响起唱诗班的歌声。

【赵天池在李明伦的照片前献上一束花和他小儿子的照片。

赵天池:这是你儿子的满月照。小家伙很健康,一看就是个乐天派,不像你,钻了牛角尖还要拉我当垫背的!⋯⋯说到底你还是个胆小鬼,不敢面对一团糟的生活,也不敢亲手结束这样的生活!⋯⋯这么些天了,我还是缓不过来,耳朵里嗡嗡的,总是你掰着我的手腕扣动扳机的那声枪响!一闭眼就是你倒在我枪口下嘴角残留的那抹坏笑!哦,还忘告诉你了,你死的时候也狠狠瞪了我一眼,你又说对了,谁死之前都会瞪活的一眼……好吧好吧,我承认这次你赢了!你是真把自己清空了,清得真彻底啊,清成一股烟,一撮灰了,可你把难挑的担子全卸我肩上了!……你那点小心眼儿我明白,你最放心不下这个没见过面的儿子!没二话,他生下来的那天我就当上他干爸了!你还希望你的大老婆能走得有尊严!我也都安排妥了,花葬加海葬——林黛玉的闷骚矫情跟政治家的胸怀洒脱全让她一人占尽了!你该满意了吧?……跟你说,你这次撂挑子可真把我撂成你兄弟了!不够意思你,连商量都不商量,真是义无反顾!可从心底里,我又挺想叫你一声兄弟的!你身上有咱爷们儿汉子的那股子邪劲儿!你那么放心地把你自己的后事交给了我,说明你真拿我当了兄弟!我也不能含糊,是吧?

李明伦的话外音:够意思。喝酒吃饭的朋友里挑不出几个!幸亏认识了你。

赵天池:这年头,能托付后事的朋友那才是真朋友!好歹你还有我这么个朋友,我找谁去呀?说来说去还是你自私!你有病!别看你是医生,你中毒太深！是,我承认,人从生下来、一落地就开始中毒！就像把个婴儿扔进了垃圾堆,周围这叫一个脏乱差啊,长成什么样,能不能长大都靠这孩子的造化,哦,按你们的词儿,那叫自身免疫力。孩子自己也着急呀,怕弯回去,怕出落得不成人样,所以就东奔西突地去找药,吃了中药吃西药,吃了毒药吃解药！东撞西撞,撞了南墙撞北墙,直到撞得晕头转向,最后连真药假药毒药解药全分不清楚了,就剩下一样了,自己给自己了结！

李明伦的话外音:丑话可说前头啊,你得打起精神来,照顾好我儿子,要不我可就白白死球了。

赵天池:我不像你那么自私！我还留了最后一手,我还会爱！爱的能力是上帝拯救人类不下地狱的撒手锏！只要有爱,心就不会冷,本性就不会丧失,生活就有盼头。

李明伦的话外音:孩儿他妈怎么样了？要我说,你就接过去得了,我的眼光不会差！

赵天池:闭嘴你个死鬼！活的时候说鬼话,死了以后还不说人话！掏句心窝子吧,那是个好女人！她还想过跟你一起去做鬼,你真是阴魂不散哪！

【李明伦从幕后慢吞吞地踱了出来。

【灯光也逐渐还原成普通照明。

李明伦:这也太不厚道了吧导演？凭什么把我写

死了？我怎么想怎么没道理！

赵天池：哎，你怎么还擅自"诈尸"了？赶紧回去，编剧说了，你只有走这条路才够震撼！要不然收不住！

李明伦：噢，就为了你们那什么破"戏剧性"，偏就得把我变成冤死鬼？！我眼看着那大胖儿子抱不上，换了你你着急不着急啊？做人得将心比心！仗着你是导演就胡来？观众也不答应啊！（朝观众）是不是这个理啊？

赵天池：我有我的艺术追求！这一段的人鬼对话是全剧的高潮段落⋯⋯

李明伦：你歇了吧！什么高潮段落？是你自己的个人秀段落！（朝观众）你们听见了吧？全他一人的独白呀！说严重点儿这就叫以权谋私！要说真够有手腕的啊，三下两下把我搁"鬼"那堆儿去了！跟他还急不得恼不得——好鬼不跟人斗嘛！可凡事得讲理！你就说吧，我为什么非得死？说明白了我就乖乖到后面"死"去！

赵天池：（耐心地）我们这个戏角色之间虽然一直在探讨生死，但主题是呼唤人与人之间的真情和包容，传播"爱"的正能量。人人都不那么自私了，心里想着别人了，不那么急功近利了，整个社会环境就和谐了，人与人之间关系也就融洽了，和睦了⋯⋯

李明伦:还是没说我为什么非得死!

赵天池:你是通过死完成了对自己的救赎!人生在世的真正含义,只有通过你的死才得以透彻解释。你只有死,才能超脱凡尘,升华成为一个高尚、纯粹、有道德、脱离了低级趣味的大写的人!

【李明伦眨着眼依然不明白。

李明伦:我怎么想,怎么觉得自己没到"死"的份儿上!

赵天池:那是你死皮赖脸!

李明伦:不许进行人身攻击!

赵天池:(连推带搡地)你还是没看明白剧本!现在不进行艺术探讨!赶紧着先连一遍。去去,"死"后面去,好好给我读剧本去!那个,灯光,回到刚才,前一段,音乐准备啊,继续往下接!今天必须完整地连一遍!场记,把刚才那段时间刨去,接着计时,一定得把演出时间控制在 90 分钟以内,要不然远道的观众就赶不上末班车了。咱们排戏也得人性化,得懂心理学!将心比心。什么叫包容啊?什么叫厚德啊?就说的是互相理解,互相照顾!人观众大老远来的,看得起你来看你戏了!咱得懂礼数,有眼力劲儿!心里得装着一份儿感恩!麻利儿的,赶紧各就各位!

李明伦:非得"死"?

赵天池:快别磨叽啦!你老不死,剧场合成时间就超了,现在都是制作人制,预算盘子就那么多,超支就得自己掏腰包!我又导又演的,为的不就是省出一个人的盒饭吗?合算累了半天,我还得自己往里搭钱?快去,好好死,死好了晚上我请全组宵夜!

李明伦:早说这话早死八回了!(朝观众)得了,诸位!回见您嘞!您说为了生存容易吗?一顿宵夜就把我打发"那边"去了!先走一步了啊!有肚子饿的、想不开的、想交 Q 友的,欢迎夜里来跟我们相会啊!

赵天池:哪那么多废话?!

【灯光恢复到演出状态。李明伦回到幕后重新说台词。

李明伦的话外音:(故意有些阴阳怪气地)孩儿他妈怎么样了?要我说,你就接过去得了,我的眼光不会差!

赵天池:闭嘴你个死鬼!活的时候说鬼话,死了以后还不说人话!掏句心窝子吧,那是个好女人!她还想过跟了你一起去做鬼,你真是阴魂不散哪!

李明伦的话外音:千万别跟过来,就跟她说,我已经准备好转世的手续了,下辈子就又见着了!

赵天池:下辈子你可得发誓,把爱原封不动一分不少地还人家!

李明伦的话外音:我发誓!

赵天池:不够真诚!我看你那义无反顾抛妻别子

的劲头,高度怀疑你是奔着"做鬼也风流"去的！你是不是在那边又有相好啦？

李明伦的话外音:我以鬼的名义警告你,做人要厚道！

赵天池:咱俩合一起,可以用俩电影名概括了:"掐"你没商量,我们天上见！

【李明伦和赵天池终于开心地笑了起来。

李明伦的话外音:下辈子再见,我的问候语是:天上人间,掐你一千年。

赵天池:这辈子不见,我的告别语是:地狱天堂,爱过不冤枉。

李明伦的画外音:下辈子见！

赵天池:这辈子永别了！别再来烦我了——踏踏实实做鬼吧！

李明伦的画外音：你也要认认真真做人！拉钩上吊……

赵天池:一百年不许变……

【音乐起。

【儿歌嘹亮。

【小女孩跳皮筋的剪影出现。

童声:小皮球,香蕉梨,马兰开花二十一……

【光在抒情音乐中暗收,尽。

【李明伦在黑暗中欢乐的声音：走喽，吃宵夜去喽！

【剧组众人的应和声。（众人可以依照每天演出的不同状况，即兴编排吃宵夜、赶末班车、导演哭穷等等与观众贴近的水词儿作为收尾时的小佐料）

【灯光再起，众人谢幕。

【全剧终。

食 堂

Food hall

苑 彬

作者简介

———————————————————————————

　　苑彬,1975 年生,北京人。中央戏剧学院戏剧文学系研究生毕业,曾获老舍青年戏剧文学奖、夏衍杯优秀电影剧本奖。话剧《食堂》《画眉》在北京人民艺术剧院演出。

第一幕

【舞台上展现出的是一个20世纪80年代初期的国企食堂。几张圆桌,几把折叠圆凳。正中两扇窗口面对观众席,绿色的木制窗口,不到饭点儿,窗户永远插着。一扇窗上贴着"主食"两字,另一扇窗上贴着"副食"。窗户右侧有一扇不宽的绿色的门,通往后厨操作间。舞台左侧还有一个更大的全透明窗口,是专卖冷荤的地方,冷荤间拼盘丰盛,沿窗台摆着一溜,有猪耳朵、猪头肉、腌黄瓜条等,不过买得更多的,还是咸菜拌黄豆、酱豆腐。冷荤间有小门可以出入。

【傍晚。主食窗口,有人提着装满馒头的塑料篮子下场,苏文同、大个、老李依次排队。刘树林在饭桌前边看书边往嘴里扒拉着米饭。

【副食窗口挤着两个穿工作服的工人,他们手持铝饭盒隔着窗口向里探头张望。

【雷子带两个联防队员上。

雷子:你俩刚来,我带你们走一趟。瞧见了吗?铁道上跑小火车,这是轧钢厂一景。对面的天车要看住了,两百来斤的吊钩丢俩了,还有电缆线、王八铁,转眼就没!女婿看门,老丈人偷,一窝铁耗子!(向后指)这是咱们厂食堂,等手续办完了,你们就在这儿吃饭。

工人甲:(在副食窗口嚷)溜边捞肉,勺沉下去!

工人乙:(挤在甲身边)最后一份我包圆!

雷子:听见没有,要说伙食,哪个单位也比不过轧钢厂。

联防甲:队长,我们哥俩主要盯谁?

雷子:有一个算一个!

联防乙:这食堂里的人呢?

雷子:全不是省油的灯! 过了今天晚上,我给你们请功,我先带你们去筒子楼。(下)

【郭传声端着一盆酱豆腐,从绿门出来,喊着:"让让!""借过!"穿过人群,准备进冷荤小门。

大个:郭师傅,怎么回事,馒头又没了?

郭传声:这屉卖完了,下屉马上就好。

大个:这叫什么事! 在部队里,一个厨师长顶半个指导员,伙食跟不上,对官兵士气有严重影响。

老李:(见苏文同提着几兜子馒头)规定最多买10个,可有的人非占便宜。

苏文同:我这是公事。

老李:别拍官腔,我当了20年生产班长,轧钢、起重、锻压、机修,什么公事我没干过?苏主任,政工干部更要自觉吧?

苏文同:内外有别,还有外事。建厂40周年,来参观的外宾去全聚德吃鸭子了,晚上回来保不齐想吃夜宵。咱们厂两座"红旗炉",7年先进集体,号称冶金行业的"鸡大腿",能让外国人没得吃?(提起馒头)我先预备下来。

大个:我说派出所和联防队直往这儿调人呢!

老李:保卫外国人吃夜宵。

苏文同:(叫郭传声)郭师傅,这事和您打招呼了吧?

郭传声:我晚上在,小菜冷荤都留好了。

苏文同:(若有所思)可是外宾要想吃面包怎么办?

郭传声:这个……

刘树林:(起身接话)您告诉他们,都是小麦面发的,一个是蒸,一个是烤。

苏文同:哦。

刘树林:苏主任,昨天参观设计院的时候,您说今天晚上等外宾回来,我和您一起接待。

苏文同:是吗? 那你抓紧吃饭。

刘树林:夜宵不光是馒头吧?

苏文同:外事无小事,有点鸡鸭鱼肉是必要的。

刘树林:(扣上饭盒)那我就不吃饭了。

【苏文同下。

大个:我就瞧不上这些外宾,没有苏联咱们和越南也干不起来。

刘树林:(问大个)您当过兵?

大个:自卫反击战,铁道兵部队,65团连长。

刘树林:我叫刘树林,是刚分来的大学生,我高中同学也有上前线的,我特别佩服你们,你们都是英雄。

大个:佩服? 450块钱一个烈士,你去吗? 动嘴皮子谁不会。

【刘树林哑口无言,下。

郭传声:(从冷荤间出来)大个,你又跟谁? 老李,把你那稀罕给他瞧瞧。

老李:大个,上眼。

大个:铜钱?

老李:我拿钢渣子刻的。竖着念,开元通宝,转圈念是开通元宝。元宝元宝,就这么来的。

大个:好手艺!

老李：这个你拿走玩去，还有一个，住筒子楼的秦小生给要走了。

大个：秦小生？听说过，那位够邪的，曲艺团的演员不当，出来收破烂，(指老李)和你一样财迷。

老李：要想富，废品库，守着轧钢厂，半年万元户。

郭传声：老李，厂里搞大庆，给劳模发奖金了吧？

老李：我虽然财迷，可不贪功。厂里的效益，那是一天打八仗，三天不卸甲，几千号人马干出来的。(挺起胸口)我最得意这个奖章，刻得真精致，上头有字，"为四化立功"，下头是"五讲四美奖"。

大个：应该发你盆君子兰。

老李：我巴不得呢！

郭传声：说正格的，现在什么行情？

老李：(神秘)小道消息，听说在长春，一盆君子兰能卖到两百！我手里还有一千块钱的籽，我打算都种了，等快开花的时候拿长春去。

大个：这下你发了。

【永久打开窗口。

永久：排好队啊，馒头出来了！

【秦小生背着破麻袋包，雷子随上。

秦小生：郭师傅，把您那牙膏皮给我吧。

郭传声：都留着呢。(随兜掏出两个)

秦小生:铅的两分,塑料的不要……(数钢镚)

郭传声:(摆手)得啦!

秦小生:您又让我省了。郭师傅,昨天我看见外宾里有日本人,想起去年那盘棋来了,中日围棋擂台赛,聂卫平对加藤正夫,你说为什么聂卫平要留机会让加藤正夫在右上角开劫?聂卫平早补一手,加藤正夫就一败涂地了。(发现雷子在翻他的麻袋包)你瞎翻什么呢?

雷子:看你这里有没有不该拿的东西!

秦小生:你什么意思?我 15 岁进曲艺团,先学做人后学艺,说我偷东西,我叫你瞧瞧!(将麻口袋扔在地上)有整有零,8 斤 6 两紫铜,173 个牙膏皮,有一个不是我花钱收的,随你处置,可你要冤枉我,咱俩没完!

雷子:没完怎么着!

郭传声:(说和)别误会,这是联防队的小雷,这是曲艺团的老秦,咱们厂家属。

雷子:没证据我能跟着你吗?瞧瞧,这是不是从你兜里掉出来的?(拿出一枚钢渣子刻的铜钱)

秦小生:你还给我。

雷子:别以为我没文化!开通元宝,这是文物!

郭传声:应该竖着念,开元通宝。

老李:这是我刻的,送给他的。

雷子:不是银的?

老李:废钢渣子。

雷子:捣什么乱!外国人说来就来,要是从你手里出去点东西,谁担得了这个责任?你这废品里没有图纸什么的吧?

大个:拿着鸡毛当令箭,我这儿还一个呢!

老李:(劝大个)大个!

【雷子定睛观看,看到大个手里也有一枚相同的"铜钱"。

雷子:(揶揄)怎么把你露出来了?

大个:监守自盗,你们联防队就没少往外拿!

雷子:那保卫处怎么没抓着啊?

大个:别急,下回再遇上偷王八铁的,我一只手划拉那俩小子!

雷子:留神您那身子骨!

大个:好说,病号饭我给你留一半。

雷子:不用,我有肝炎。

郭传声:行了,各位,都瞧我!一个厂的,咱天天见面呢!晚上没准外宾来,我还得准备,先顾公事吧……

秦小生:见不见的,别故意找茬。

【雷子瞪着秦小生,气哼哼地下。

秦小生:(扛起麻袋,向大个)刚才谢谢您。

大个:您甭客气,我谁也没帮。

【大个下,老李随后。

秦小生:这人怎么跟谁都翻车?

郭传声:他就这脾气。

秦小生:郭师傅,我刚才问您的问题还记得吗?您说聂卫平为什么要让加藤正夫在右上角开劫?

郭传声:……(不懂)他有地儿吃也得有地儿拉。

秦小生:(恍然)进出平衡,透彻!(下)

【郭传声从冷荤间拿出用来冲刷地面的黑皮水管。

【分头上,手中展开张皱巴巴的纸,找地方要贴。

郭传声:(向分头)嘿,死人的贴医院,抓人的贴电影院。

分头:郭师傅,借您地儿,我贴个招生告示。

郭传声:招什么生?

分头:特异功能。

郭传声:你不是卫生所看大门的吗?都留起分头了,斑秃治好啦?

分头:(不满郭的嘲讽,指着手中的告示)这叫智力开发,现代科学。谁不信谁就是找倒霉。

郭传声:我就不信。上外头蒙人去!

分头:怎么是蒙人!我贴这个,就是让外国人知道,中国的气功是科学!我师哥在国防科工委是座上宾,那是说着玩的?伊春火灾就是他在 2000 公里外的小洋楼上发功给扑灭的。

郭传声：了不得。

分头：(讨好)跟您说，我以前在公交耍大轮儿，认识您爱人。她服务态度真好，业务也熟练，别的售票员可不成。

郭传声：是吗？

分头：那票撕的！(比划)广安门，五分，菜市口，一毛，虎坊桥，一毛五……百货大楼张秉贵的"一把抓"怎么样，号称燕京第九景，跟您爱人比，没戏。商量商量，我不贴里边，贴外边行吗？

郭传声：你就非照准了食堂贴？

分头：来的人多，别的能落下，吃饭落不下。以前厂里有大字报，不都贴食堂吗？里三层，外三层，稀里哗啦又三层，贴了多少牛鬼蛇神，那种盛况我现在都记着哪！

郭传声：都记着呢？那你贴外头吧。

分头：太谢谢啦！(欲下)

郭传声：别客气，你贴你的，我撕我的。

分头：撕！还带撕的！(急眼)行！看着的，你这儿有好儿算我没说，今天晚上就倒霉！(下)

郭传声：(哂笑，向后)永久，泡上屉布，擦地。(进后厨)

【五子推自行车上。

五子:永久,自行车用完了,给你搁哪?永久!(见没人应,将自行车放到一旁)

【李晶晶上。

李晶晶:人呢?我买两个馒头。

五子:大姐,您新搬来的吧?我这儿有饭票,换不换?

【郭传声从后厨出来。

郭传声:五子!

五子:(看到郭,泄了气)我就想买盒烟抽。

郭传声:你胆儿肥了,我可还在这儿呢。(向李晶晶)您来晚了,馒头一个没剩。

李晶晶:我饿一路,煎饼果子都没吃,就是奔馒头来的,真是缺德!听说一进六月,每天发三瓶汽水。

郭传声:还得给外宾留着。您明天再来吧,今天下班了。

李晶晶:下班?在深圳这叫服务业,有顾客不能随便下班!

五子:大姐您去过深圳?那儿好吗?

李晶晶:好!吃饭还给纸呢,擦嘴用的。

五子:您老离不开吃!跟您说,在北京上厕所也给纸。

李晶晶:真恶心!我不买了!(向郭)告诉你,我丈夫是张北文,你们厂的采购科科长,我让他管你们要馒头来!

郭传声:您是张科长爱人?您回去带个话,粮油供不上,外国人又能吃,食堂快开不了伙了。

李晶晶:都说你们厂伙食好,什么也没吃着!(下)

【永久拿着拖把出绿门,拖地。

【五子兴高采烈数着手里的零钱。

郭传声:(走到五子身边)你小子就这灵,脑子全用这上头了。

五子:干别的都没劲,家里又没根儿。

郭传声:学门本事总行吧。

五子:本事是玩出来的,郭叔。不想挨欺负就玩刀子,没人理就玩鸽子,不痛快了就玩跤,谁拿正眼瞧一个待业青年呢?

郭传声:想当个"玩儿主"?你看永久,比你小两岁,可比你踏实多了。

五子:他也不愿意在这儿干。永久,那天咱俩喝酒,你说什么来着?

永久:(言辞闪烁)我没说什么。

五子:你怎么没说,你说跟食堂干没劲,说整天揉面揉得腰都酸了,还说干个体户都比干这个强。

永久:(警惕着郭传声)你别瞎说。

五子:怕什么呀!你这外事职高没白上,(取出信封）我把邮局的人从门口拦下来了，北京饭店的信封，肯定是要你了！

永久：谢谢啊，哥们！

五子：听说那儿拎箱子的小费都不少挣。（悄声）小娟呢？

永久：（喜悦顿消）我给你叫去。

【永久回后厨。

【郭传声盯着永久的背影，思忖片刻，跟进后厨。

【五子朝副食窗口里面张望。

【小娟从后厨出来，擦拭桌子，不理五子。

五子：（见没人了）小娟，我怎么招你了，一天不理人。（掏出一袋东西）昨天逮的知了猴，炸完了倍儿香，你尝尝！

小娟：行啦，你先到外头去，回头师父又该说我了。

五子：（欲走）你看着，早晚有一天，我挣钱堵上他们的嘴。

小娟：你？你连初中都没上完。

五子：撑死胆大的，饿死胆小的！现在发了的，谁是靠念书？全是瞅准个空子，一猛子钻进去，钻出来就发了。

小娟：你又想什么呢？

五子：我爸偷粮票进局子，凭什么不给我好脸看？都觉得我也是混蛋,我就混给他们瞧瞧。

小娟:我不喜欢你这样。

五子:你喜欢这个吗？电子表,你不是一直想要吗,我进了 15 块儿,这是送你的。

小娟:我不要。

五子:你戴上我看看。

小娟:我不要!(略停)五子,你身上还有多少钱?

五子:十七八块吧。

小娟:你给我准备点钱吧。我怀孕了。

五子:(愣住了)那……小娟,要不咱俩走吧。

小娟:去哪儿?

五子:去深圳,我不信我发不起来。

小娟:可我走了,我爸我妈怎么办？咱俩的事,现在他们就抬不起头了,再让人知道我没结婚就……还不让人戳破了脊梁骨。

五子:我也不知道招谁了,搞对象还得偷偷摸摸的,待业青年就他妈不是人!说白了,就是没摊上个好老头。小娟,等我把这批货出了……(见小娟往外走)你干吗去?

小娟:我下班了。

五子:我跟你一块走。

小娟:五子,你让我自己走走吧。(留步,兜里掏出两个馒头,塞给五子)只要给够了钱,医生说,明天

就能做手术。(下)

五子:(呆了片刻)小娟,小娟!(推起自行车,追下)

【永久穿着高腰雨鞋出后厨,腋下夹着深色布兜子。

【郭传声换好衣服,跟出。

永久:您老说不行,咱冷荤都开了,卖点酒怕什么?

郭传声:怕什么?食堂里喝酒,下午烧炉子能出人命。

永久:师父,您没听说?外头的机关食堂开始搞试点了。还有学校食堂,全额拨款改定额补贴,从计划转向市场。您就没有点儿危机意识?

郭传声:新词一套一套的。我就不信,再怎么转,社会主义优越性能转没了?

永久:泰丰楼都先消费后付款了,咱这儿还用饭票。您听听外头的菜码,霸王别姬、子龙脱袍……还有那些厨师,二级以上的一抓一大把,您才……

郭传声:(响亮地落下苍蝇拍)人不能因为有垃圾,就像苍蝇那样活着。我这个白案三级是评的,不是买的!

永久:我觉得您没琢磨透吃饭这档子事。

郭传声:我还没琢磨透?

永久:一人一饭盒,闷头吃自己的,那能成什么事?饭局饭局,吃的不是饭,吃的是局。

郭传声:我就知道人都有嘴,吃饭是最公平的事。

永久:您看着,用不了几年,吃饭就是最不公平的事。

郭传声:别说这个,我不爱听!

【永久泄了气,又没有道理可争执,索性不说话了。

郭传声:今天晚上我值班,你先盯会儿,我回来你再走。

永久:我不走了,回家也没什么意思。

郭传声:你这腔调跟小五子似的,我告诉你,你跟他不一样,你是正式工,要念厂里的好,要不你能有这份工作?

永久:这算照顾吗?当初可没照顾我爸。"文革"的时候说他是反动学术权威,一竿子杵山西去了。我妈懂形势,说闻不了醋味,第二天就和我爸离了,俩老家儿就留下一辆自行车。

郭传声:所以你爸爸死前说,别读书,当就当厨子,无论什么年代,人都得吃饭。你爸爸把你交给我,我就得对你负责。(见永久不搭话)我知道你听不进去,你要真有好地方去,我不拦着,打算什么时候走?

永久:明天厂庆结束,我对这儿也有交待了。

郭传声:真到北京饭店拎箱子去?(见永久不语,似乎是铁了心)行,我就一句话,现在流行起来一堆新玩意儿,你当心别走了歪道。

永久:您放心,我不会的。

郭传声:你心里有数就行。我更担心小娟这孩子。

永久:是冲五子吧?师父,五子他人不坏。

郭传声:大毛病是没有,可出格的事他也干得出来。小娟她爸找我了,让我看着点儿,我看得住吗?我眼瞧着小五子来打饭,小娟都不收他的钱。

永久:那您怎么不说她?

郭传声:我就当自己是瞎子。(有意味的)再说,我说小娟,你小子还不得极力维护?我四十五了,有些事还能看明白。

永久:您别说了,我跟五子是哥们,小娟对我也没那意思。过了明天,正好眼不见心不烦。

郭传声:搞对象是你情我愿的事,这个不行,你就换个念想。我走了,你师娘还在医院呢。

永久:(拿过深色布兜)师父,我跟您去吧。

郭传声:不用了,把门关好,别再放人进来跳舞,乱七八糟的。

永久:这您也知道了?

郭传声:舞会不能随便搞,有些地方都取缔了。你是不是还收人钱了?

永久:(把兜子递过去)我就想让师娘多吃两口素丸子。

郭传声:(打开兜子看看,还给永久)你师娘是爱吃丸子,可不是什么都能往嘴里放。明白我的意思吗?

永久:(闷声)明白。

【秦小生架着老李步履蹒跚上,老李手捧两盆没开花的君子兰。

老李:郭师傅……

郭传声:(接过君子兰)怎么了?刚才还好好的呢!

秦小生:老李刚看了晚报。

老李:长春的君子兰,一盆花跌到两毛了,我当初买籽,一个就花了八块呀!

郭传声:那您还去长春吗?

老李:不去丢首都的脸了,您给我来碗鸡蛋汤,我把这籽都夹馒头里吃喽!一千块钱的籽哪,郭师傅!

秦小生:今儿这馒头可贵喽。

郭传声:不贵,吃在肚子里还开花呢。

老李:您别气我了。(转头看花)六个叶了,您包粽子用吧。

郭传声:(端起花盆)我还说去医院,行了,先陪您回家吧。(见秦小生神情郁郁)老秦,你又怎么了?

秦小生:鸡蛋汤给我留一碗。

郭传声:您也……

【秦小生点头默认,又与老李相视而叹。三人下。

【永久拿出信封,可心情还是颇为失落。

【冯志勇和侯小力带着几个青年男女上。录音机里传出有节奏的迪斯科声。

永久:冯志勇,今天可不行,我师父刚走!

冯志勇:哥几个烧一天炉子了,在你这儿痛快痛快!

永久:还有外宾来呢,出了事我说不清楚。

冯志勇:能出什么事!外宾全喝趴下了,侯小力亲眼所见。

侯小力:没错,我哥还从他们车上顺出一只鸭子来呢,我拿了半根火腿肠。

永久:今天说什么也不行。

冯志勇:一边去吧,侯小力,动手!

【侯小力去关灯,冯志勇拧大了录音机的音量。录音机里传出《万水千山总是情》。男女青年们刚贴上,一个戴红箍的老太太出现了,打着手电。

余大妈:都分开,都分开!

冯志勇:余大妈,我们没干坏事。

余大妈:跳舞不许贴面、贴胸、贴身。

冯志勇:没贴,这叫太空步!(走了几步)

老太太:这叫跳舞?踩着屎了吧?告诉你们,现在大力开展五讲四美活动,你们这些小年轻的都注意点儿。你看,还说没贴,俩大小伙子还搂在一块儿呢!

【两个小伙子因没有舞伴暂时搂在一起,现在赶紧分开。

余大妈:我话可都说到了,你们散不散的,别等派出所来人。(下)

侯小力:真扫兴,咱换迪斯科吧,来点带劲的!

永久:要不你们改天再跳吧,今天就算了。

冯志勇:永久,拿钱的时候你怎么不说不行!

【永久无话可说。录音机里传出疯狂的节奏,青年男女们开始跳迪斯科。

【突然传来大个的歌声,《血染的风采》:如果是这样,你不要悲哀……

【女孩发现自己跳舞的情感和这首歌完全不搭调。

冯志勇:(问一个女孩)你怎么了?

女孩:我不想跳了,我想哭。

永久:是大个!

冯志勇:怕他干吗!谁在外头捣乱呢!找揍呢!

【大个上。

大个：要是在部队，跳不健康的舞蹈早关禁闭了。你们昨天还手拿红缨枪，今天就穿上了喇叭裤！这是忘记历史，背叛历史！你们看看现在这些流行文化，充满低俗的性意识，那些别有用心的人，就是要用这些东西腐蚀掉我们国家的青年，进而毁掉一个民族的希望。青年朋友们，你们千万不可以变得庸俗、堕落！

【回头发现只剩下永久。

大个：人呢？我明明听见有音乐声。

永久：您又幻听了。

大个：大概是因为我神经衰弱，可我还听见有人说要揍我。

永久：这是打仗留下的后遗症。

冯志勇：（冲出绿门）就是要揍你，人家跳舞你捣乱，现在正开展五讲四美呢，你丫知道吗！（下）

大个：小兔崽子你别跑！（追下）

【永久想到什么，拿出链子锁准备锁上绿门。

【红铃上，后随张北文。

红铃：张北文，有话就说，别跟跟屁虫似的。

张北文：（慢吞吞）红铃，我这回去北戴河办采购，给你带了条珍珠项链。

红铃：回家给你媳妇去。

张北文:她有一个贝壳的。

红铃:你都有媳妇了还和我起腻,你说你有劲吗!

张北文:别提她了,我们结婚三年,两地分居好好的,她非从天津过来。

红铃:工作也是你办的吧?

张北文:办了一年多,她嫌我肉。红铃,你不是要嫁老外吗?我打听了,今天这拨外宾里就有想找中国女孩的。

红铃:我喜欢法国的,阿兰德龙。

张北文:有埃塞俄比亚的。

红铃:那儿有饭吃吗?你自个儿去吧!永久,今儿没人跳舞?

永久:都从后门跑了。

红铃:准是去河边了,我找他们去。(下)

张北文:(没意识到红铃下场)老外有什么好,臭胳肢窝,还是咱俩傍着合适,给……

永久:走啦!您这眼神就别玩鹰了。

张北文:思想上出个圈,东西没糟践,回家给我媳妇去。对了,我媳妇刚才来,是不是没卖给她馒头?

永久:实际情况是……

张北文:(由衷地)谢谢。(下)

【永久锁上绿门。

【五子领刘树林上,刘树林穿着个假领子。

刘树林:这个领子我觉得不错,白的配中山装,红的配西服。

五子:上海南京路带回来的,绝对地道。

刘树林:一会儿接待外宾,这假领子太及时了。

五子:这儿还有好东西呢!(撸起袖管,露出两胳膊电子表)

刘树林:(惊叹)你怎么这么多——(看着这些表)我想要块上海机械表。

五子:别露怯了,三转一响都过时了,现在流行戴电子表。二十,来一块儿吧?

刘树林:太贵了,我一个月工资才四十。

五子:哥们,十八,谁让我缺钱呢。

刘树林:三十两块儿,卖的话我回宿舍取钱。

五子:你快点,我在这儿等你。

【刘树林下。

【五子从腰包里取出钞票。

五子:永久,哥们今天赚了。

永久:你怎么干这个?

五子:有路子的倒彩电卖批文,我不就卖几块手表吗!哎,看见小娟了吗?她没来找我?

永久:你俩是不是有什么事?

五子:没事……永久,你知不知道谁想买鸽子?

我想把我那对儿"墨环儿"出了。另外,你帮哥们分析分析,做流产手术,五十块钱够不够?

永久:你说谁,谁要做?小娟?

五子:不是,是——我一个哥们的媳妇。

永久:就是小娟吧?

五子:你别问了。(嘟囔)这大学生磨蹭什么呢?

【外有吵嚷声。

五子:来啦!(迎上去,进来的却是雷子和一名联防队员)

雷子:盯你半天了,抓起来!

联防甲:(反剪五子双手,看到电子表)队长,这可是条大鱼!

五子:大哥,我还有事呢,您放我一马,有人等钱用!

永久:大哥,你们放了他吧,他没干什么。

雷子:(指着五子胳膊上的手表)这还叫没干什么!你参与没有?

五子:没他事,就我一个人。

雷子:局子里说去吧。

【小娟跑上。

小娟:五子!

五子:小娟你等我,明天出来我就带你去医院!

雷子:投机倒把,你小子出不来了。

小娟:五子,我怎么办!

五子:大学生欠我三十块钱,你快找他要钱去!

【五子被押走。

【小娟不知所措,期待地望着永久。

小娟:永久,明天帮我个忙,行吗?

永久:(五味杂陈)说好时间,我骑车带你去。

【刘树林跑上。

刘树林:外宾来啦,快准备吃的!(向后)Please!

【食堂光暗。

幕间:

【苏文同上,刘树林随后。

刘树林:苏主任,您吃好了?

苏文同:必须要吃好,这是公事。

刘树林:刚才您跟外国人纵论国际形势,我看他们都听傻了。

苏文同:外国人缺乏思想政治工作。你翻译得也不错,左右逢源,很有风范。

刘树林:关键是菜好,肚子里就有货。

苏文同:外国人有没有问你,古时候人吃几顿饭?

刘树林:问了,我说汉朝以前,普通人一天吃两顿饭,诸侯三顿,天子能吃四顿。

苏文同:那怎么吃法?

刘树林:中国在高桌大椅出现之前,一直就是分餐制的,跟吃食堂一样,一人一份,既卫生又文明。

苏文同:你肚子里确实有货。

刘树林:刚才我瞧见您老看手表。

苏文同:吃饭要掐点儿。吃慢了你吃不着,吃快了就噎着了。

刘树林:还是您严谨,不过您这表该换了。

苏文同:我倒是挺想要块电子表的。

刘树林:我有一块!戴我手上老走不准,您戴几天替我修修?

苏文同:厂里总有人说我愚,但没人说我贪。这是原则问题。

刘树林:您误会了,我只想表达敬佩,您在这厂里屈才。

苏文同:别看厂里那么多工程师出去单干,可他们不知道,还是国家的皮袄暖和。

刘树林:我记心里了。

苏文同:(远看)食堂那女孩是不是找你的?我看在宿舍楼门口站半天了。

刘树林:不认识。(下)

第二幕

【时间跨入到 20 世纪 90 年代后期，原有的食堂
改造成了三层小楼，一层是食堂，二层三层是宾馆。
食堂进行了装修，多了贴瓷片的洗手池，木制窗口也
改成了塑钢的玻璃窗，绿门变成了塑钢门。以前卖冷
荤的地方，现在贴着"小炒"。舞台右侧下场口多了一
道黄颜色的门，通往宾馆大堂，一般情况下，这个门
是不开的。左侧角落里有一把躺椅。

【午饭时间已过，小炒队伍前排着一位顾客。永
久穿着彼时流行的双排扣西装巡视，不时动动这儿，
擦一下那儿。看得出来，这件衣服让他不怎么舒服。

【宾馆里传出卡拉 OK 声，《爱如潮水》。

【二胖从塑钢门跑出来，手捧圆盘，另一手提着
外卖饭盒。

二胖:师父,您尝尝这醋溜木须。

【永久拿起筷子,咂摸醋溜木须的滋味。

二胖:比昨天怎么样,成吗?

永久:成。

二胖:那我能上红案了?

永久:不成! 剃了头再说!

二胖:(不愿意)我戴着帽子呢。我先送饭去。(摘下帽子,用力后仰,甩甩他的蘑菇头)

永久:(叫住)二胖,电话的事跟后头说了吗?

二胖:都告诉了,今天谁都不许碰电话。师父,干脆咱再装一个得了,不就一部固定电话嘛。

永久:可以呀,你掏钱。

二胖:(嘟囔)我哪有钱。(下)

顾客:(等小炒等得有些急躁)管事的,跟里头说说,火爆腰花能不能快点!

永久:我说,咱别急,您改 5 天工作制了,我们可是天天不断顿,您体谅点儿。

【几个游客模样的人,拖着行李箱上。

游客:宾馆怎么走?

永久:正门在外边,这儿也能进。(指黄门)过了这门就是大堂。

顾客:(迎上去)住店吗? 我们这儿是内部宾馆,比外头便宜,条件也好,您跟我来……

永久:(向顾客)您回去说说,唱歌别那么大动静行吗?

顾客:卡拉 OK 不归我们管,人家交租金,我们只管收钱。对了,那火爆腰花给我留着!

【顾客带游客出黄门。

【主食窗口关上门,老李提着塑料袋。

老李:今儿的油酥火烧怎么不脆呀?

永久:不会,我盯着做的,这油酥火烧是得放一下,您拎到家吃,正好。(突然大起来的卡拉 OK 声,跑调加上声嘶力竭,让永久有点难受)大中午的唱卡拉 OK!这活儿没法干,宾馆跟我这儿开一门,来回全是脚丫子,我承包这食堂得赔死。

老李:你别哭穷,我可知道,内部人员承包还不收管理费呢,你有得赚。

永久:赚什么呀。您瞧我加了小炒和面点部,半个月改一次菜谱,可都算三产,我就干不过这宾馆,说实话,但凡有辙我宁可烧炉子去。对了,听说您退了?

老李:早退早接班,给儿子让路。(指刚下场的游客)我瞅着刚才那几位都是农民啊,不在家种地交税,都跑北京玩来了?皇粮国税,他们不交咱有得吃吗?

永久:我放一句话,农业税早晚取消。

老李:凭什么?

永久:就凭他们已经交了两千五百多年了。

老李:不交哪成,我还想吃口油酥火烧呢。(欲走)我上回和你提的事……(提醒)让你师父再往前走一步。

永久:(把老李向前拽拽)我师娘刚走两年,他现在不想找。

老李:(小声)趁着抢手还能挑,厂里一群中年妇女盯着他呢。

永久:都干什么的,工作累不累?

老李:不累,全是下岗的!(下)

永久:(向小炒窗口里喊)师父,师父!

【郭传声从塑钢门里走出来,擦擦汗。

永久:您出来歇会儿,有年轻人,您就别跟锅边儿上站着了。

郭传声:以前一口锅吃,好坏没人挑,现在人家吃小炒,更不能糊弄了。

永久:现在人嘴刁,昨天不是还有点红烧海螺的?(意识到不妥)

郭传声:(酸溜溜的)我做不出来,我是白案三级。

永久:您又说这个,我可没怪您,再说我这个一级还不是您教出来的?

郭传声:(释然)有状元徒弟,没状元师父。(看着永久的西装感到别扭)你哪儿弄这么件衣裳?

永久:(支吾)瞎穿……

郭传声:我听说你把门口这块地儿出租了?

永久:晚上闲着也是闲着,冯志勇想开麻辣烫,一个月给咱两千五,我包给他了。

郭传声:往嘴里放的东西,可不能含糊,你别由着他来。那麻辣烫到底是什么东西?

永久:四川过来的,乱七八糟搁一起涮。

郭传声:(似懂非懂点点头)一件事干好就不易,还放一块儿弄,人也是这样,奔一件事,干几十年,再笨也能干出来。你就是当上经理,带了徒弟,我该说还得说你。宁给君子提鞋,不和小人同财,冯志勇路数不正。

永久:您那是老眼光。

郭传声:看事用新眼光,看人还得用老眼光。

永久:您以前还说五子不好呢,听说人现在搞服装,早起来了。

郭传声:五子是胆儿大心不黑,前几年乱,乱的时候可不就拿胆儿大的开刀嘛。我让你少跟他在一起,不是没道理。你一说这五子,真是好几年不见了。

永久:冯志勇说有一次洗桑拿,他俩见过。

郭传声:那准是没干好事。

永久:您又来了。

郭传声:就知道你不爱听,也是,我才三级!

永久:您怎么跟小孩似的。

郭传声:我干脆先眯瞪会儿去。

永久:(指左侧角落的躺椅)这两天收拾东西,您那把躺椅我给请出来了。

郭传声:(看到躺椅)哦……没人了,让后厨也歇了吧。

永久:(向后喊)后厨关火! 谁动电话哪! 耽误了事我可没好听的!

郭传声:(若有所思地看着永久)你等电话?

永久:我嫌他们乱摸,手脏。(把话岔开)血压高的药您吃啦?

郭传声:这岁数,忘了吃饭也不敢忘吃药。

【郭传声把毛巾搭在脸上,舒适地靠在躺椅上。

【小娟从塑钢门走出来。

小娟:经理,他们问刷卡机装哪儿?

永久:一个窗口一个。

【塑钢门走出两个工人。

小娟:(指着窗口)就装这儿吧。

工人甲:(看了看)得从里头走线,这活不好干。

小娟:嘟囔半天了,给你加钱! 三峡工程都动工了,装个刷卡机这么费劲。

工人甲:要是三峡工程,我还真不干,那是全国人大通过得票率最低的议案,反对 177 票,弃权 664 票,25 个人没按表决器。

永久:你国务院来的吧?

工人甲:我是三峡移民,万州来的!

【两个工人进塑钢门。

永久:小娟,我觉得刷卡是对的,手摸钱太脏。以后充值这事就交你了。

小娟:你累死我得了。

永久:(反应过来)哎,不对呀,你怎么来了?

小娟:那我去哪儿?

永久:你不是调行政处了吗?文件昨天都见着了。

小娟:今天他在那儿,我不愿意去。

永久:听说这回股份制改造,刘树林提厂办主任了,哎,他们分股票吗?

小娟:股票不知道,分家的好几对了。

永久:你什么打算?

小娟:协议签了。这几年过得跟死人一样,就在这食堂里,还觉得不怎么憋屈。他说这次帮我调动工作,算是对得起我。

永久:孩子呢,才 1 岁多?

小娟:昨天就不让我去看了,我就是心疼孩子,身体弱,奶还没断呢。

永久:这刘树林到底想要干什么?

小娟:他想要个漂亮的还会示弱的小姑娘,男人不都这么想吗!

永久:我不需要,我……(说不出来)

小娟:(停了片刻)明天我去行政处报到。(围好围裙,拿起拖把进塑钢门)

【永久站了片刻,心事重重地坐在凳子上。

【郭传声靠在躺椅上,搁着手巾板说话。

郭传声:该说的时候不敢说,真肉!

永久:(郁闷地)您睡觉吧。

郭传声:三级!

【红铃从黄门出来。

红铃:永久,有热水吗?

永久:(递过暖壶)又有人吐了?

红铃:喝多了抽风,还有在包间里撒尿的。

永久:你们那卡拉OK太吵了!

红铃:有人散德行,我能说吗? 都是客人。

永久:还不是你们招的。

红铃:怎么着,你也瞧不起我?

永久:我敢瞧不起谁。

红铃:院儿里人都在背后说我,说吧! 我只坐台,又不出台,出点声挣个陪唱的钱,招他们了? 爱说什么说什么!

永久:我老看见有男的带走你们这儿的女孩。

红铃:那也是你们男的不好,唱歌就唱歌,非憋着坏。(进黄门)

【工人乙出塑钢门,在窗口走线,装刷卡机。永久站到后面观察。

【二胖扶着大个上。

二胖:师父,搭把手!(和永久扶大个坐下)

【郭传声闻声坐起来。

郭传声:怎么回事?

二胖:一人坐台阶上喝呢。

郭传声:快去给倒杯水。

二胖:哎!

【二胖跑进塑钢门。

大个:郭师傅,永久,你们说我大个是个什么样的人?

郭传声:这可不好说。

永久:您别逗他了,他真能拿酒瓶子给自己开喽。

大个:那您说,是"买"好还是"下"好?

郭传声:我没懂您这意思。

大个:厂里找我,说保卫处有个裁人的名额,就一个,给我了。他们问我,是买断还是下岗,随便我挑。

郭传声：对您还真好。

大个：我觉得"买"比"下"好听点，就买了。三万块钱，我装兜了！可我琢磨半天，自己没挡股份制改造的道儿啊。

郭传声：这么说吧，要是保卫处的一块儿下岗，你就平衡了吧？

大个：嗯。

郭传声：你心理有问题。我问你，你参加过几次饭局？厂领导的猫丢了你给找过吗？开会时谁老说风凉话？找一小蜜领宾馆来还赶上你查房。保卫处就一个买断名额，你岁数最大，牺牲有觉悟的老同志，给年轻人让路，你说该裁谁？

大个：那就是我了！

永久：嘿，您有觉悟。

工人乙：（一直听着，插话）下岗就下岗，北京人整那么悲壮，俺们东北人都没说啥！

郭传声：你快给他传授传授经验。

工人乙：俺们那玻璃厂厂长跑美国去了，剩下的工人一锅端，全都回家了，你好歹落三万呢！你呀，回家抱着钱睡觉，闭上眼三万，睁眼又是三万，你就搁床上睡觉，就不想裁人的事了。

大个：谢谢，您比我们指导员都会做工作。

工人乙:歌里唱了,心若在,梦就在,就是叫你做梦玩呢。

【工人甲背着工包从塑钢门出。

工人甲:活干完了吗? 里头给结账了。

工人乙:完事了。

工人甲:(向永久)那我们走了,有问题打电话,随叫随到。

工人乙:(向永久)再见,老板。

大个:再见,指导员。

【工人甲乙下。

大个:我也不回家睡了,我花钱去宾馆睡去! 有钱了么! (略停)裁军那年我躲过去了,其实是长了个心眼,提前转业,现在看来是早晚的事。(无奈地笑了笑,进黄门)

【郭传声看到桌上的醋溜木须,低下头端详。

郭传声:这是二胖炒的?

永久:您看他能出师了吗?

郭传声:当初招人的时候,学过的你不要,非要个棒槌。

永久:我看他可怜,大冬天的找地儿租房,摸到这儿来,咱后头有间宿舍,正好又缺个采买,两头都合适。

郭传声:(笑了笑)谁的徒弟谁稀罕。

永久:这孩子人性好,拿着钱出去,不搞花账头。您看白案红案的事,他还往心里去。(指醋溜木须)您尝一口?

郭传声:我不尝,里边还有头发呢。

永久:(仔细看)这小子,死活不肯剃头,不过师父,您何必非走老道儿,我看厨师学校的孩子没人剃光头。

郭传声:老道儿路正!别的废话没有,不剃头就别上案子。(想到担心的事)永久,这裁人的事不会到咱头上吧?

永久:我打听过了,咱们三产的工资减百分之六十,剩下的食堂出。

郭传声:还没赶尽杀绝。

永久:您放心,真要杀您,我给您五万让您做梦玩。

郭传声:我他妈可没觉悟。

【后厨传来玻璃杯摔碎的声音。

永久:谁这么有眼力价!

【小娟把二胖扶出来,坐到椅子上。二胖紧闭双眼。

小娟:二胖说他眼睛疼。

永久:你干吗了?

二胖:我刚才出去送饭,路上看他们焊三角铁来着。

永久:他让火星子把眼睛呛了,看的时候没事,过会儿就疼。

小娟:那还能盯着瞧,弄不好就瞎了。

二胖:师父,我疼!

郭传声:我听老李说过,他学徒的时候有过一回,用奶滴进去就好。

永久:什么奶?

郭传声:人奶。

永久:那我到哪儿找去。

二胖:师父,我疼!

小娟:行了,别嚷了。(边说边脱去白色工作服)师父,把您那眼药水挤了,药瓶给我。

【郭传声和永久被小娟的举动搞得突然不知所措,但即刻又反应过来。

【小娟接过药瓶,进塑钢门。

二胖:师父,我不会瞎吧,我眼前一片黑一片红的。

永久:没事,你忍着点。

二胖:我忍不住,真疼。

郭传声:小子,刚才你师父还夸你菜炒得好呢,说你长进了,你不是喜欢做菜吗? 哪天我教你一道。

二胖:谢谢师爷!

永久:那你就给我忍着,忍过了我叫你上红案。

二胖:我忍着! 我一辈子都绕着三角铁。

【小娟整理衣服出来。

小娟:赶紧点上。

【永久接过眼药瓶,给二胖点上。

永久:好点没有?

二胖:好点了,师父。

小娟:我跟他去趟医院吧,再查查,别落病根。

永久:快去,打的走!

郭传声:我跟你一块去。

二胖:师父,回来我就剃头。

【郭传声、小娟和二胖下。

永久:(松了口气)这一中午,真够闹腾的。

【苏文同上。

苏文同:(揉着肚子)给我做一碗美国加州牛肉面。

永久:没这个。

苏文同:那有什么?

永久:(揶揄)有伦敦水饺和墨西哥糊塌子。

苏文同:算了,想吃肉,炒个焦熘丸子吧。

永久:您真能挑时候,中午饭点都过了。

苏文同:那就不做饭啦? 这要改革,不要怕改革的刀子拉到自己身上,不转变观念,不放下架子,丢不开面子,才是最可怕最可悲的。更别怕苦,用一本书的名字来说,我们的生命,就是一本《文化苦旅》。

永久:您苦着吧,我得歇会儿。

苏文同:永久,我今天在这食堂吃最后一顿饭了。

永久:也轮到您了? 我这就炒菜去!

【冯志勇上。

冯志勇:永久,大排档的合同,没问题就签个字。(把合同给永久)呦,苏叔叔!

苏文同:我不是你叔叔! 你昨天给我吃的什么? 我拉了一宿!

冯志勇:老同志别记仇,您托我的事我可没忘。

苏文同:(蓦地想起,换成笑脸)我这脑子! 办好啦?

冯志勇:(取出一张纸)全日制的,带钢印,全国联网都能查。

苏文同: 我那工农兵大学生的文凭人家不认。(看证书)无脊柱类动物语言学? 这是什么专业?

冯志勇:专学不说人话。

苏文同:我该给你多少钱?

冯志勇:用不着。(皮笑肉不笑)我们车间四十多个转岗的兄弟,现在不是修理电机,就是卖方便面,都要来谢谢您呢!

苏文同:我只负责做思想工作,没干违反原则的事。

冯志勇:所以我全替您拦下来了。您是我叔叔,以后有事您肯定也会帮我出面吧?

苏文同:违背原则的事我可不干。

【冯志勇到水龙头处往酒瓶里灌水。

永久:(向苏)这回您是"买"了,还是"下"了?

苏文同:(精神了)我"调"了,调到市里工作了。

永久:还是您有关系。

苏文同:只要有关系,什么事都没关系!其实去市里,工资才两百多,在轧钢厂小一千呢,可是要服从安排,皮袄还得接着穿!不仅不给组织添乱,我还写了首诗,给你念念,"双肩扛起大车床,两手握住不锈钢,炉前戴好防护镜,谁比咱们有担当,工人要替国家想,我不下岗谁下岗?"你觉得怎么样?

永久:好!应该找地方发表。

苏文同:那不着急,先炒菜。

永久:您留着肚子去市里吃吧。

苏文同:什么态度!(下)

冯志勇:(美滋滋地走过来)瞧哥们这发明怎么样?新四大发明,酒兑酒,酒兑水,水兑酒,水兑水。

永久:我再瞧瞧合同。

冯志勇:你把心放肚子里。屋里归工商,屋外归城管,哥们人都托到了。你坐屋里只管收钱,想想我都替你美。别看了,一分都少不了你的,签吧。

永久:两千五,少点。

冯志勇:你出去打听打听,再有这个价,我把脑袋拧下来!

永久:再加两千五。

冯志勇:永久,看不出来,跟我还玩阴的?

永久:你干不干?

冯志勇:干我成二傻子了。

永久:我要的一点都不多。

冯志勇:够买盒烟了。

永久:再加两千五,我把水池子也包给你。

冯志勇:我要你水池子干吗?

永久:灌酒啊!你要嫌水龙头少,再白饶你俩水壶。

冯志勇:你这是拿哥们开涮。

永久:你开的就是麻辣烫,那还不找涮。

冯志勇:你说什么呢?

永久:冯志勇,到这儿吃饭的都是街里街坊,你给他们来这手,不太地道吧!回头在你那儿吃趴下的,全抬我这儿来,我把门口包给你,还得在食堂里开一医院,你说我值吗?我不拦着你搞发明,干脆,换地儿,我不缺这点钱。

冯志勇:蒙别人行,就你这小炒,白开! 外头吃什么的没有。不是哥们瞧不起你,不要我这两千五,你还有别的外落吗!

永久:这你别管。

冯志勇:行,我转身找个新地儿,看你能挺到什么时候!

永久:我还就挺得住。

冯志勇:谁上火谁知道! 开得下去,你还四处打听食堂转让的事?

永久:(一惊,怕别人听到)冯志勇,你别逮着什么说什么!

冯志勇:今天穿这么利索,就是等人呢吧?

永久:我出去会情人儿,你甭管。

冯志勇:你管你自己吧! 老的小的都想揽着,谁要这一帮老弱病残?

永久:这就是我的条件,不留下这一屋子人,免谈。

冯志勇:有钱都不挣,真够土鳖的! 咱俩今儿掰了!(欲下,拿回合同)话说回来,散买卖不散交情,开大排档的押金你得退我!(下)

永久:我跟你真有交情!

【永久的心情更为烦躁。他无目的地走了两步,看看这熟悉的食堂。翻翻兜,抓出一把面值不大的票子,数了数。

【窗口后面突然响起电话铃声,永久一个激灵,跑下塑钢门。

【雷子上,巡视。

【侯小力搂着娜娜,从黄门出来,看见雷子,想绕开。

雷子:侯小力,混得不错呀。

侯小力:早就不堵炉眼了,等着他开我,不如我先开他。哥哥,听说您去分局了?

雷子:我不是你哥,你哥不是在日本吗?

侯小力:他在日本切汇,专坑日本人,这算为国争光吧?

雷子:我管不着他,反正你别惹事,惹事就办。

侯小力:您放心,哥们一不犯官,二不犯法,麻烦不到您。

雷子:(问娜娜)你和他认识吗?

侯小力:您想歪了,我们俩就是开房歇会儿,她刚晋升为我们学校公关。娜娜,叫人。

娜娜:老师好。

雷子:谁是你老师?

娜娜:(指侯)这是我老师。

侯小力:哥哥,办什么都不如办教育。我现在开了一所狂暴日语学校。日本出暴力电影,不单我爱看,这帮学生也爱看,顺带就结合到语言学习上了。学得快我有奖励!你听说过傻子瓜子吗?我打算联系他们,在我这儿成立个奖学金。奖学金的名称,就叫傻子奖学金。

雷子:听起来像奖励傻子的。你这电影里没有不该看的东西吧?

侯小力:犯不上,我正儿八经挣钱好不好。

娜娜:老师是早稻田大学毕业的。

侯小力:(悄声向雷子)我哥给办的。娜娜,咱们得走了,你把刚才教你那句说说。

娜娜:(向雷子)深谁,撒有那拉。

侯小力:她说,老师再见。

雷子:别!他是你老师,让你老师给你换条长裙子。

侯小力:这叫一步裙,农民!

【侯小力搂着娜娜下。

雷子:世道真是变了,小玩闹都敢跟我逗咳嗽了!

【余大妈领头,后随几个大妈跑上来。

余大妈:我看就这儿吧!刚才采了阴,这儿连吃带喝的阳气重,咱们中和一下。阴阳调和了,才不得癌症哪。

大妈甲:练起来吧?

余大妈:来,开始啊——起式——双手抱圆——慢慢沉气——吸——呼——气在腹内走——浊气分两极——再吸——再呼——好,一起啊!

众人一起:身体直,腿稍弯,

提肛门,肩等宽

两臂直,眼前看

心要直,无邪念

向后甩,用点力!

没病!　没病!　没病!

雷子:余大妈,您干吗呢?

余大妈:哎哟,快躲开我这儿,一身辣椒味儿!

【众大妈也躲着雷子。

余大妈:(突然想起什么,向其他大妈)哎,辣椒属阴还属阳啊?

【众大妈答不上来,面面相觑。

余大妈:算了! 还有点儿气,咱们留住了啊,赶着太阳下山,去操场释放去。

【大妈乱哄哄地下。

【雷子盯着。

【永久从塑钢门上,手里拿着 500 元现金。

雷子:你这儿还是那么乱。

永久:谁我都惹不起。您又执法来啦?

雷子:没看新闻? 北京要申办 2008 年奥运会。

永久:听说上次失败,就是因为没请非洲代表吃饭?

雷子:这条没传达。

永久:就算申办下来,也是十年后的事呀。

雷子:市容整顿刻不容缓。门口大排档是你租出去的?

永久:这不是要退了。

雷子:对,别找麻烦。那两只鸽子呢?

永久:按要求都关笼子里了。

雷子:别放阳台,别搁楼顶。

永久:我放我被窝里了。

雷子:(揭穿)食堂后头那两只是谁的? 我刚替你喂了!(拿出一包鸟食,扔给永久)要养你好好养,是鸟就经不起饿。

永久:这几天事多! 你喜欢,干脆你拿走。

雷子:就等你这句话呢!

永久:(觉悟过来)我就那么一说! 那对"墨环儿"是人家的。

雷子:连人带鸽子,你全替人看着。这点我佩服你,能忍。可养鸽子更得上心,你说的话你得认,我还有别的事,晚点儿过来拿。

【雷子下。

【永久不甘心地踱了几小步,思索着。

【刘树林上。

刘树林:小娟,小娟! 小娟在吗?

永久:没在,出去了。

刘树林:我知道她在里边,我找她有事。

永久:(拦住)后厨地上都是油,摔着你不合适。

刘树林:那你告诉她,明天务必去行政处报到,事我给她办了,她还不珍惜机会。

永久:她珍惜,她明天就去。

刘树林:她珍惜? 不瞒你说,现在想起来,我跟她在一起就是个错误!

永久:那你挺有幸遇到个错误的,我还没遇上呢。

刘树林:我和小娟的事你不了解,你知道我们为什么离婚吗?

永久:你外头彩旗飘飘。

刘树林:那是表象,深层原因是没办法沟通。她们家当初找我,还不是因为我是大学生,毕业拿着干部指标! 可她自己呢,她也得适当提高修养,增加和我对话的深度对不对?

永久:我没觉得跟她交流费劲呢。

刘树林:你们都说什么,蒸包子,焖米饭,商量菜谱吃什么。

永久:这些在家说不好吗?

刘树林:你俩是一路人。我以前在开发部,给厂里揽了多少活,外头有面子,可回到家不够她说的,吃饭嫌我吧唧嘴,进屋嫌我不叫人,说我手欠、抠门,在她嘴里一句温柔的没有。生活是要讲点情趣的,你懂吧?

永久:不懂。

刘树林:总之,小娟身上那股馒头味带不出去。

永久:这才是实话! 小娟找你的时候,你还住集体宿舍呢,吃食堂都吃不起。

刘树林:永久,你和她从小是厂里长大的,你向着她,我理解,但你不知道,她和我结婚的时候,已经不是——不是处女了。要是你 20 岁的时候,你找她吗?

永久:我——

刘树林:犹豫了吧。这说明我们男人的心理是一样的。交朋友的时候,我一直被蒙蔽,但是我对得住她。有一年晚上,她跑到我宿舍,说是替别人要三十块钱,就是卖表被抓那小子,我把钱给她了,后来她妈托人来介绍,我俩才好上的。当初我给她三十块钱,现在我连房子都不要,净身出户,不管怎么说,我对她都够意思。

永久:你自己还有套大的呢。

刘树林:这是厂里的福利。我再给你说个事,你知道她拿那三十块钱去干什么了吗?她去打胎了。她怀别人的倒快,跟我,习惯性流产,生一个用了十几年,我现在都怀疑那孩子是不是我的!

永久:你心眼全长这儿了。

刘树林:最可怕的不是这个,我俩结婚以后,还有人报复,趁我下夜班,躲在路上给我一闷棍。

【永久表现出一点不自然。

永久:那……疼吗?

刘树林:当然疼了!住了一个星期医院,就是在医院,有个朋友告诉我她做流产手术的事了。早知道我才不娶她。

永久:(叹气)闷棍打晚了。

刘树林:你说什么?

永久:我说我替你觉得惨。

刘树林:我看得出来,你对小娟有意思。我不介意。你告诉她,以后厂里有事,还可以找我。

永久:你对她真好,我谢谢你。

刘树林:怎么说都是夫妻一场。唉,我年轻时犯了错,可是列宁说过,年轻人犯错误,上帝都会原谅的。既然知道了错,就让错误停止吧。小娟那里,你帮我把话带到,我还有个会,先走。(下)

【小娟上。永久感到诧异。

永久:你刚才……

小娟:都听见了。

永久:(犹豫着)二胖,二胖他怎么样?

小娟:在医院观察呢,医生看了眼底,没事。

永久:小娟,以前我不勇敢,这十几年来我都不勇敢——五子走那年,整个晚上我脑子里都是懵的,那时候我心眼小。

小娟:一个人挺过来,也挺好的。你的自行车呢?

永久:在后面,掉链子了还没修。

小娟:我去看看。

【永久停了停,跟在后面进塑钢门。

【幕后传来自行车铃声。

【冯志勇上。

冯志勇:(向后)永久,我那押金哪!嘿,欠钱的是大爷!你要不退钱,我晚上可不撤摊儿!

【张北文上,摆椅子,一副倦怠的样子。

冯志勇:吓我一跳!您不是早从采购科下海了吗?还留着开会的习惯呢?

张北文:搞个讲座,这儿成本低。

冯志勇:是传销吧!

张北文:别提这俩字,我难受。人家下海都发了,我也想潇洒走一回,结果走河沟里去了。

冯志勇:趸的那些货呢?

张北文:光蛋白粉就三十多箱,当年老李吃君子兰,我学他,全自己吃了。

冯志勇:那也没亏。

张北文:是不亏,肾坏了,医生说我尿里都是蛋白质。

冯志勇:你的尿比我这酒成本高。(下)

【李晶晶上。

李晶晶:来啦!路上抓了一个!你精神点儿!

张北文:才一个?

李晶晶:一个也是我找的,有就不错了。

【五子和鱼头上。

李晶晶:先生,您坐,我给您介绍一下我们的产品。

五子:等一下,这里很像一个食堂。

李晶晶:地方没关系。(指五子手里的大哥大)看您这个,就知道不是一般人。我们这个基金产品,针对的就是成功人士,回报率高,特别适合投资。(见五子心不在焉)先生——

五子:回报率有多高?

李晶晶:您看看啊,我这儿拿着报纸呢,整存整取,三年,银行利息百分之四点五,我们这个产品,一年,百分之三十。先生——

五子:哦,高于银行利息是违法的吧?这种地下基金,不就是非法集资吗?你们拿了这些钱是要进股市呢,还是跟传销一样,上家骗下家?

张北文:得,遇见一内行。

李晶晶:你少说话!先生,别人是违法的,我们不是,我们是大公司,客户很多,(指鱼头)这位先生,您说说!(推了鱼头一把)

鱼头:是的,这位女士说得不错,我们公司已经获利百分之二百了。员工拿到了分红,企业发展空间巨大。

五子:(打量他)你谁家孩子?鼻涕都没擦干净呢。

鱼头:(向李晶晶)妈,他看出来了!我说我不行,你非让我装。

李晶晶:算了算了,什么爸爸生什么儿子,全是面瓜。

张北文:我怎么面了?有些话我憋着没说,我科长当得好好的,你非撺掇我下海,你眼睛里就是钱。

李晶晶:我不是希望你成功吗!姐妹之间一说,谁谁家男的挣多少钱,住什么房子,我听着这脸都是红的,臊!

五子:大姐,别吵了,这儿还有孩子呢。

李晶晶:谁是你大姐!

五子:您哪!大姐。

李晶晶:你——(向张北文)这人眼熟。

张北文:是你!

李晶晶:(认出来了)哦! 你是——投机倒把!

五子:你们干这点事,深圳那边都玩剩下了,这算诈骗。

李晶晶:你不会举报吧? 要说咱们也是老关系了,十年前就一起做过买卖。

五子:是吗?

李晶晶:咱俩换过饭票呀!

鱼头:妈,别提饭票,我饿了。

李晶晶:真长脸,回家吃饭去吧。走走走!

五子:不在食堂吃吗?

张北文:抬不起头,早在厂里把脸丢光了。

李晶晶:(又返回)这是我名片,想出书找我,不收编辑费,只收个书号钱,评职称发论文我也能帮上忙。再见!

【张北文和李晶晶下。

【鱼头被传来的声音吸引,停住脚步。

五子:你怎么不走?

鱼头:有人在唱。

五子:(听着)没有啊……

【鱼头听了听,好像又没声音了。

【秦小生从黄门出来,后跟红铃。

红铃:你站住! 不给钱不能走!

秦小生:给什么钱？我想唱的你们又没有。

红铃:哪个我们没有？

秦小生:白云鹏有吗？小彩舞有吗？董湘昆、魏喜奎？

红铃:你说这几位我都没听说过,谁知道是哪的野腕!

秦小生:我说一大腕你也不知道,刘宝全有吗？

红铃:有刘德华。

秦小生:有谁我都不唱了。我们家老二今天结婚,友谊宾馆办了 38 桌,我回来高兴,刚开了嗓子,叫你给吓回去了。

鱼头:(向五子) 我说刚才有人唱吧，就是他的声!

秦小生:你听见了？那段《宝玉探晴雯》,好听吗？

鱼头:好听。

秦小生:你谁家孩子？

鱼头:他们叫我鱼头,但谁家孩子,说不好,我爸跟我妈说我的时候,说,你儿子,我妈跟我爸说我的时候,也说,你儿子,他们跟别人说我的时候,说,(睁大眼睛)咱儿子。

秦小生:嘿,好眼神! 京韵主要得靠眼神领人,身上断,句子断,眼神不能断,这才能在故事里和故事外跳来跳去呢!

红铃:一个收破烂的,还讲上了。

秦小生:这是当年林红玉先生对我的当面提点!跟你也白说,(感叹)我要不收破烂,肯定早是角儿了,现在只能在文化馆当个老师。(向鱼头)你是个苗子,想跟我学吗?

鱼头:我想吃饭。

秦小生:下馆子,回锅肉!只要你叫我师父。

鱼头:我回家跟我妈商量商量。

秦小生:再加个鱼香肉丝,好玩意儿就得有好传授。

鱼头:都是甜口儿……

秦小生:小子,谁叫我爱才呢!东坡肘子,红焖羊肉!四个菜,师父请徒弟,我破规矩了。

鱼头:就这么着!

秦小生:太好了!咱们先吃饭,吃完我教你打板!

【秦小生兴冲冲带鱼头下。

红铃:喊!(看到五子)先生,楼上唱会儿歌吧?(认出)五子!你怎么回来了?

五子:回来办点事。

红铃:你缺公关小姐不缺?对付男客户我有经验。

五子:我回来找人。

红铃:那就找我吧!哎哟,大哥大都拿上啦!你等着,我拿东西去!

五子:哎——(要叫住)

红铃:发财你必须带上我!有事,姐们儿在歌厅就帮你搞定了!(进黄门)

【五子环视食堂。

【永久推上自行车上,放下,要修。

永久:推销去别的地方,小广告也别跟我这儿贴。

五子:外头倒了好多国营饭馆,没想到你这儿弄得还不错。

永久:(惊讶)五子!

五子:永久,哥们回来了!

永久:好几年没见,你哪去了?

五子:深圳,搞服装批发。

永久:发了吧?

五子:港怂讲话,毛毛雨啦!我手底下雇的人就二十多!

永久:7个人以下算个体户,8个以上,那你算资本家了!

五子:那是过去的说法,现在大干大发,小干小发。我和别人不一样,我跟着电视走,美国片放得多,就进美国货,日本片放得多,就进日本货,最近我看韩国电视剧播得好,准备马上去趟韩国。我看出来了，早晚有那么一天，咱们从里到外都是别人的东西。

永久：好在还没有外国人开食堂。

五子：怎么没有，长城饭店只有窗外的尘土是中国货。北京 87 年开肯德基，90 年开必胜客，92 年开麦当劳，这是什么，帝国主义食堂！

永久：那有炒菜好吃吗？薯条是一个味儿，汉堡也是一个味儿，配方配出来的。咱们的炒菜呢，火候、顺序，不同的师傅做出来，味儿就得挑。

五子：所以才会有分歧，你说你的好，他说他的好。洋快餐，到哪儿都一样，不接受这个味儿就别去，省得发表意见。

永久：发表意见不好吗？

五子：谁听呢？我们的厨子该怎么做还是怎么做。你看你这儿，炒菜分了大小锅，有钱就能吃小炒。

永久：这不对吗？

五子：在国外，总统吃的汉堡，和你吃的没有区别。

永久：现在可不讲阶级斗争了啊。

五子：斗的时候就有，现在分出来了。

永久：谁分出来了？

五子：永久，你看不出来吗，十亿人民九亿商，为什么大家都在趁这时候赚钱？国家在发展，这是辆高速列车,你挤不上去,就可能被碾在车轱辘底下,钞票就是上车的车票! 现在我们看到的是食堂里的小炒,只是几块钱的差别,出了这个食堂,还有很多吃小炒的,他们能住市中心,能上好学校,找到好工作,你一生的经历,都在这几年确定下来了。

永久:这是你这几年挣钱的心得吧?

五子:钱也靠不住。你看韩国日本,赶上亚洲金融危机,全瞎。哥们现在正打算换个干法呢!

永久:干什么?

五子:卖点子! 好多公司没主意,我就卖主意。这叫点子公司。

永久:你真能想!

五子:另外,我再看看能不能接个盘子。

永久:接盘子?

五子:(感慨)这几年在南边,见不着这样的食堂了。人要的都是新东西,想的都是旧东西。(学舌南方话)永久先生,价钱的事情,我们好不好再谈谈啦?

永久:(恍然大悟)这两天的电话是你打的!

五子:上次看见冯志勇,他说你想转让食堂。

永久:五子,这回你真帮上我了! 对你我绝对放心!

五子:我还没说完。我给你出资,算我入一股,你继续当你的经理,一切还是你说了算。

永久：真是好哥们！那你呢？

五子：我回深圳。

永久：你回深圳？（想到什么，兴奋忽然消逝）……五子，你这次回来，还有别的事吧？

五子：没事。

永久：真没事？

五子：小娟，过得好吗？

【小娟从塑钢门上。

小娟：特别好！今天也不知道怎么了，老听到别人谈话，我可不是故意偷听的。

五子：小娟！

小娟：永久，车修好了吗？

【永久迟疑地看看小娟，再看看五子。

小娟：时候差不多了，我去招呼人，该备菜备菜，面得现在烫上。

永久：还是我去吧。（不甘心地从塑钢门下）

五子：小娟，我回来了。

小娟：回来就好。我现在也很好，嫁了个好丈夫，生了个幸福的孩子，有一份好工作和一个好家庭。

五子：你越这么说我越不舒服。

小娟：是吗？那太好了，说明你还有点良心。

五子：这几年我一直想给你一些补偿。

小娟：补偿？

五子:你的事我来之前都知道了,跟我走吧,生意上我也需要你帮帮我。

小娟:十年前你就说要我跟你走,我犹豫了,那时候我害怕。

五子:我坐了四年牢,也害怕,出来以后你已经结婚了。

小娟:因为我不敢再害怕了。你不知道我在医院里,被一盏灯照着,躺在那儿叉开两条腿,我咬着牙,我疼。那天下雨,永久把我送回家,我哪都不敢去。我怕天黑,怕自己走路,怕屋子里的灯,我想我得赶紧找个人嫁了,就不再怕了。那时候我多想见到你,让你把我带走。我是一个姑娘,只是有了一个孩子,命运就变成了这样。

五子:如果我不坐牢,如果我出来之后去找你呢?

小娟:没有如果,命就是命。

五子:别说命,我有钱了,你跟我去深圳,或者我带你出国。

小娟:五子,我的命就在这儿,走了还得回来,就像你现在这样。

五子:小娟,这几年你想过我吗?

小娟:想过,(动容)我想你长什么样子,在干什么,抽什么烟,我想也许当初我们就那么走了,会在哪里,过什么生活。因为,(动容,几乎是抽泣)因为我现在很好,嫁了个好丈夫,生了个幸福的孩子,有一份好工作和一个好家庭……我只是一个姑娘……

五子:小娟……能回去,(急匆匆推过自行车)还记得吗?当年我骑车带着你,刮风下雨,可是咱们不管不顾,就是这辆自行车……咱们能回去,小娟,只要你想。

【五子试图去搂小娟,小娟避开。

小娟:我不想!我想见你,是想看看我怎么因为你变成了今天这样。

五子:我能为你做点儿什么?我想为你做点儿事。

小娟:最好的事就是,走。

【永久从塑钢门出来,手里提着鸽笼。

永久:(鼓起勇气)五子,小娟不能跟你走。

五子:(盯着他俩)你们——我懂了。小娟,我想不到,我真想不到。

小娟:我……

【小娟看看永久,面对突如其来的情况,不知该说什么。

五子:(向小娟)别说你什么都不知道。

永久:五子,小娟不欠你的。

五子:那你呢!我知道你有困难,跑过来帮你接这个烂摊子。你拿我当哥们吗？

永久:(沉默片刻)这对"墨环儿"你带走,别的不行。

五子:(气愤)真是好哥们!

【五子接过鸽笼,欲摔。

永久:五子!

五子:我的东西,轮不着你心疼!

永久:你摔一个试试! 我没偷没抢,守了十几年,不能再让人来摔它,欺负它,谁都不行!

五子:好! 小娟,你走还是留,来句痛快的。

永久:你别逼她。

五子:(向永久)我明着告诉你,你想要人,我就不要这食堂。

小娟:你们在谈转让食堂的事?

五子:对!

【小娟转而凝视永久,永久不语,无言以对。

小娟:(向永久)转让食堂,还是转让我? 我这婚没白离,有两个下家。到底跟谁走,最后给个信儿,我先去河边溜达溜达。

五子:(推起自行车)我带你去。

永久:站住! 这自行车是我的! 小娟,我今天不掉链子了,我什么心思你知道,你要愿意,以后只能我带着你! 要不,你把车扔河沟里去,我二话没有,锁门关食堂。这个烂摊子,我自己收拾!

　　五子:小娟……

　　【小娟略停片刻,默默将自行车放回原来的位置。

　　五子:我懂了!我上次怎么走,这次还怎么走,全给你留下!

　　【红铃拎着皮箱从黄门出来。

　　红铃:五子,咱什么时候走?(见气氛不对)怎么了?

　　【五子看看鸽笼,缓慢挪动了几步,下。

　　【红铃不知所措,追下。

　　【永久凝视小娟。

　　【小娟利索地擦去眼泪,整理头发。

　　永久:(犹豫着不知该说什么)自行车修好了。

　　小娟:(沉默半晌,神色坚定)开饭吧。

　　顾客:(从黄门探出头)师傅,我那火爆腰花好了吗?

　　【食堂光暗。

　　幕间:

　　【舞台前区。雷子提着永久的鸟笼,借着光亮仔细观察。

　　雷子:这不是"墨环儿",这不就是灰鸽子吗?这小子骗我!（欲回去找,撞上骑三轮的大个）下来,下来!谁让你拉黑活的,不知道正取缔摩的呢吗!

大个:我这是摩的吗?没有发动机。

雷子:那就不污染空气啦!

大个:脚蹬的,不烧油。

雷子:上路就不危险啦!

大个:这话说的,你把汽车指挥好了,我就没危险。

雷子:我要管交通给你鸣锣开道。看你有点眼熟……

大个:你可不面善。

雷子:别跟我贫,你要不配合,有地方管你饭吃。

大个:太好了,赶紧带我去!顺便打杯开水,我来碗面就成,连汤带水,我吃着习惯。忘了告诉你,这车是我自己攒的,回去我还能再鼓捣出一辆。走吧,咱先吃饭去。

雷子:你还来劲了。

大个:别吓唬我,我下岗了,什么都不怕。我儿子要读研究生,我姑娘要高考,他们念完书我家就有希望。我没路子,孩子没特长,普通家庭就这么点希望。怎么着,这点希望你要给我掐了?你掐一个试试!(揪住鼻子)看看,流鼻血了!

雷子:我可没动你!自己打自己,真够狠的。

大个：留着劲儿呢！你这样的，大成拳加得合勒，我喝醉了能打仨。

雷子：戴着老花镜，你是不是知识分子？讲道理！

大个：知识分子手更黑。

雷子：行行行，我惹不起，您走您的。

大个：我今儿不能白出来，得拉一个走。

雷子：在我眼皮子底下，您这不是让我为难吗？实话跟您说，我爸也让人裁了，但我穿着这身皮呢。以后我执行任务的时候，麻烦您躲远点儿。行了，给您两块，您拉上我。（上三轮）

大个：两块只能到地铁。

雷子：快走吧，大爷！

第三幕

【新千年后的第一个十年过去了，食堂的地面已经铺上了防滑瓷砖，长长的不锈钢的开放餐台。舞台左侧摞着不锈钢的自助餐餐具和竹筷，以前卖冷荤的地方变成了消毒室。消毒室外有一体化的垃圾桶，吃完饭的人把剩菜倒进垃圾桶，盘子放在台上，到一定数量，消毒室的工作人员出来取走消毒。二层三层已经改成超市，以前那扇黄色的门不见了，取而代之的一道面向观众席的、刷卡才可进入的玻璃门，透过玻璃门，可看到通向超市的楼梯。玻璃门上挂着牌子——"非本超市人员禁止入内"。食堂正上方新装了一块显示屏，还没调试好。

【9点来钟，张北文身穿出租司机的黄色衬衫，悠闲地吃着早点。李晶晶早已吃完，碗筷放在一边。

张北文：(收音机紧贴耳朵)开市了,沪指上 3000 了。

李晶晶：你美什么,不是还套着呢吗!

张北文：这么多人在里头套着,钱呢？它得动换呀!

李晶晶：有钱可以动换动换,没钱,咱人动换动换。

张北文：干吗？

李晶晶：这份儿钱 4500,我一天你一天,今儿该我睡觉了。

张北文：我喝完这口豆浆的。

李晶晶：都说懒驴上磨屎尿多,你肾好了之后,尿不多了,饭量见长。

张北文：我要喜欢过睁开眼就欠钱的日子,我是孙子。知足吧,咱就欠车钱,多少人欠着房钱呢。你想想这些年,卖蜂蜜,卖化妆品,倒腾红酒,现在开出租,你干什么我陪着干什么,这样听话的男人你还找得着第二个吗？

李晶晶：我回头找找看。

张北文：能找着干一行爱一行的,找不着我这样干多少行爱多少行的。

李晶晶：自从开上出租,你嘴皮子练出来了。我认栽,行吗？这车咱什么时候出？

张北文:待不了几分钟,门头沟有一大活。

李晶晶:你晚上把钱拿回来,明天换我。

张北文:你歇着吧,我一竿子到明天。

李晶晶:(叹气)今天欠着明天,就这么过吧。你累了就路边睡会儿,吃点好的。(欲走,回身)张北文,你开车的时候最像男人。(下)

张北文:(自语)她说我像男人,(一股豪情涌起)再来根油条!

【永久从后厨出来,一手把油条放在张北文面前的盘子里,另一手在旁边摆下自己的早餐餐盘。

永久:又得明儿见了?开车可不是玩命。

张北文:不玩命能拉出一套房子来吗?没房我儿子就得打光棍。

永久:这鱼头在外企,挣的还不够花的?

张北文:阿富汗外企,名字好听,驻华商业部,其实就是卖芝麻和葡萄干的。

【工作人员和超市管理者走出玻璃门。精明干练的女记者紧随其后,她手中拿着小本,录音笔挂在脖子上。

工作人员:(对管理者)货都清了吧?那我就锁上了,你也别急,以后这片儿改成商务区,你再把超市开起来。

管理者:那得什么时候?

工作人员:轧钢厂的家属区一搬,那还不快。

管理者:现在找个这样的小区可难了。

记者:北京有的是小区,开哪儿不一样么?

【管理者打量记者,见她要在本上记录,对她的突然问话摸不着头脑。

工作人员:(介绍记者)哦,刚才没说,这位是新——新什么来着?

记者:我自己说吧。我是《新晚报》的记者,正在写一篇关于老旧小区改造的稿子。

工作人员:要说改造,您可以问问他(指永久),这食堂都五十多年了。

记者:(没兴趣)我从来不吃食堂,油太大,影响减肥。

管理者:(向永久)哥哥,这两年没少麻烦您,以后有缘分,再和您做邻居。

工作人员:那可悬了,有搬顺义的,有奔通州的,他们这些人能不能聚齐儿,还不一定呢。

张北文:这食堂拆吗?

工作人员:说不好,听说要在保持原貌的基础上,改成外国餐厅,眼见的是中国景,吃的是外国味儿。

永久:现在讲中西合璧,文化交融,中国妈外国爸,生个有奶就叫娘的孩子,挺好。

工作人员:您别冲我,我就是办事的,我们家以前宣武,现在天通苑,我招谁惹谁了?

记者:没宣武了。

工作人员:崇文也没啦!咱文武都不要!里九外七,城门楼子金贵吧,剩了一对半,琉璃厂怎么样?大栅栏?崇文门菜市场?(向永久)才拆到您这儿,您知足吧。(向管理者)行啦,咱们走,跟我办个手续去。

【工作人员和管理者、记者下。

张北文:永久,真要是食堂关了,你打算干吗?

永久:跟你媳妇,咱仨倒班开出租。

张北文:跟我媳妇?小娟能把咱仨吃喽。再说,你给我儿子留条活路吧,他能不能干下去也悬!

永久:他正经不是个大学生吗?

张北文:那管什么用!我小时候那阵说读书无用,后来学历万能,现在还得看专业,选不对一进社会你就输了,起薪都不一样,你一公里一块,人家就一块二。(叹气)吃了一辈子食堂,突然吃不上了,还觉得挺别扭。(下)

【永久坐下来,没什么心思吃饭。

【分头上。

分头:大哥,超市怎么了?

永久:关了。

分头:这食堂也留不下吧?

永久:没准。

分头:那您把绿豆倒给我吧?

永久:(仔细打量)你不是原来卫生所看大门的吗?你可比我岁数大。

分头:怎么还提看大门,跟你师父一样,就不许人家进步?

永久:哦,你现在是养生专家了!你在电视上说吃绿豆好,合着私底下倒绿豆。

分头:山不转水转,谁叫我命好,转到这儿了!

永久:转得够邪乎的!你那特异功能还有吗?给我转转。

分头:你想怎么转?

永久:你让我倒退二十几年,让我把这些锅碗瓢盆全砸了,再给我转一推土机,让我把别人干得好好的食堂给推了。我保证推得干净,干得漂亮,一块儿砖头都不留,连个盐粒都找不着!

分头:跟我发牢骚没用,我先到别处转转。

【分头欲下,行脚僧上,身着破旧的百衲衣。

分头:(拦住)等会儿,这身行头不错,现在流行穿破的了?

【行脚僧不语,施礼,径直步入食堂。

分头:刚来北京混事吧?住朝阳区的大师我都认识,没见过你。

行脚僧:我只是行脚的僧人,(向永久)想请您施舍一个馒头。

分头:晚上我请你,什刹海吃素斋。

行脚僧:(婉拒)过午不食。

【永久拿过两个馒头。

永久:看您像真和尚,假的我可不给。

行脚僧:一个就够。

分头:真抠门,我捐几张人民币当香火钱。

行脚僧:(合十)不留金钱。(下)

分头:(纳闷)他说的这套词我还真不熟。(下)

【刘树林上,旁跟秘书,后随二胖。二胖身着深色西装,光头。

秘书:您慢走。

刘树林:(向二胖)大食堂搞了自助餐,还是很方便,很有特色的。

二胖:(见到永久,恭敬地)师父。

永久:(没理会,向刘)当上厂领导,你都是吃小食堂,很少来大食堂了。

秘书:(向永久)刘副总这次专程考察食堂。

永久:欢迎,那就看看吧。

刘树林:咱们多少年的熟人了,用不着客气。(向秘书)你在外面等我吧。

【秘书下。

刘树林：好歹我也是个副总，你给我留点儿面子，什么大食堂小食堂的。

永久：我跟你有什么好说的？刚进的保温台和蒸饭车，还没用热乎就要拆。

刘树林：别没良心，你承包食堂这么长时间，手续从我那儿走，我办过缺德事吗？（指二胖）你徒弟两年前调到小食堂，你问问他，我对他怎么样？现在已经是小食堂负责人了。我可不是讨你的好，我不愿意让人说，这个人怎么对他前妻家那个样子，小肚鸡肠。

永久：你再提前妻这俩字，咱俩就码上了。你交个底，这回我往哪儿搬？

刘树林：我真不知道，统一安排，我也近不了。

永久：你有专车，住哪儿都没事。

刘树林：别提车，我家那小妖精给我找事，开个红色小跑到处乱跑，听说这几天纪委来人了，估计就是查我的。算我倒霉吧，天天烧香拜佛，也没挡住那只小妖精。

永久：除了车，你就没别的事？

刘树林：我怎么着都是小事，真正有大事的都在上头呢。

永久：你呀，就是没和大家伙一起吃饭，这食堂是干吗用的？就是不让人吃独食。算了，到这地步，我也别说你了。

刘树林：我倒愿意听，在小食堂，听不着真心话。小娟，她挺好吧？

永久：我媳妇，你就别惦记了。

刘树林：她要是一直跟着我，这次也得吃亏。所以，我和她离了，算是我对得住她吧！

永久：还是你会说话，怎么说都是自己委屈。

【秘书上，面色凝重。

秘书：刘副总，刚接到电话，组织部来人，在办公室等您呢。

刘树林：组织部也来了？这么快，还是官做得不够大……（向永久）永久，有馒头吗？我想那味儿了。

永久：（拿起餐盘上的馒头）正好，一口没动。

刘树林：小时候家里穷，两个箱子拼起来当床，我妈蒸馒头，夜里就把面肥放在箱子边上，我是闻着面肥的味儿长大的。

【刘树林呆呆地咬了一口，和秘书下。

【永久坐下吃饭，二胖乖乖在一旁等待，怯怯地不敢搭腔。

二胖：（过了一会儿）师父……

永久：小食堂能保着你。咱们这行看本事，越有本事越伺候少数人。

二胖：师父，您别寒碜我。

永久：你自便，反正这儿你也熟。

二胖：您就不能跟我多说几句话？

永久：听我师父说，这食堂养过猫，为的是防耗子。可时间不长，这猫吃惯了馒头米饭，就不抓耗子了。这猫比人精，它知道跟着人跑，为什么？它看得出哪个主顾阔，哪儿的饭好吃。

二胖：我知道，您这是说我。

永久：我说的是猫。

二胖：您是不是还怪我？

永久：靠手艺吃饭，走到哪我也不拦着。

二胖：但我不该背着您去小食堂应聘……可是师父，我真张不开嘴。您教我手艺，我还要走，还是在您最缺人手的时候。

永久：咱俩怎么也不能捆一辈子。但我不明白，能给的我都给了，那小食堂的饭就那么好吃？

二胖：我要是图那儿的饭好吃，我就不是人！我一辈子也忘不了，是您收留了我，是我师娘保住了我的眼睛。那年成立小食堂，听说可以解决集体户口……我真想要一张北京户口！

永久：那张纸有什么用？

二胖：我知道您觉得没用，所以我不能向您提，因为只有我欠您的。师父，别的我不敢想，我想让孩子留在北京上学，我想出门不怕被查身份证，我想再找工作的时候,不叫人把简历扔在地上。

【听了二胖的话,永久陷入短暂的沉思。

二胖:师父,我先走了。(欲下)

永久:二胖,北京叫你受委屈了。

二胖:是我对不住您。

永久:你记住,北京人和你一样,没什么新鲜的,全都是移民,就算满族贝勒和蒙古王爷,也是关外来的。北京是一口大火锅,进来涮的有肉也有菜,先后不同,但在一个锅里,各有各的活法。要想在北京扎根,就得进这口锅,好肉烂肉都涮一遍,你才能找得着北。

二胖:我记住了……您还认我这个徒弟吗?

永久:听说你上个月参加青年厨师大赛去了,才拿个第二?

二胖:评委要吃馒头,要求有葱味而不见葱,我没做出来。

永久:蒸的时候在馒头上插一棵葱,起锅的时候拔了。

二胖:就这么简单?(脸上终于露出笑容)谢谢您,师父!(下)

【小娟从后厨上,看显示屏。

小娟:还是不出字!(向永久)我说,油瓶倒了,能给扶一下吗?

永久:又怎么了?

小娟:(指显示屏)镇流器坏了,我换上新的,还是不出字。(发现永久情绪不好,关切地问)想什么呢?

永久:我还说别人呢,我自己都找不着北。小娟,你说下岗我躲过去了,非典也躲过去了,可拆迁这两字,我听着怎么有点害怕呢?叫我去顺义和通州,我认道儿吗?还别说,天天看站牌子,倒是不得老年痴呆。(忍不住唠叨起来)干脆把我发保定去算了……我听说西直门桥有个老交警,你向他打听去八达岭的道儿,按他指的方向,一直开就能到保定……

小娟:得啦得啦,去后边把镇流器换了。

【小娟把永久推进后厨。

【雷子上,拿起永久餐盘上的包子,迫不及待往嘴里塞。

小娟:哎哟,吓我一跳!

雷子:蹲了一宿……

小娟:这么多年,有案子你就到食堂来。

雷子:联合执法,清理非法劳务市场。你说这些人放着好好的地不种,都跑北京来。

小娟:谁也不容易,你给人留条活路吧。

雷子:他生在庄稼地里,是我的事吗?你这儿的人,身份证健康证什么的,都齐吗?

小娟:你放心,都齐。

雷子:那就好,这地方不少开发商盯着,很敏感。

小娟:打听一下,这块儿地皮贵吧?

雷子:那不是我的事,您想想没背景的能拿着地吗?(擦擦手)叫法人出来签个字。

小娟:又签字,奥运会签一回,大庆签一回,这是哪出?

雷子:维稳时刻不能放松,叫出来吧。

小娟:我签不行吗?

雷子:倒也行。你看,以前我抓过你一个男人,还有刘副总,我求他办过事,也是你男人,现在签字,找的还是你男人。以后有事直接找你得了,下回——

小娟:下回你找一位马师傅。

雷子:干吗的?

小娟:火葬场烧人的!(进后厨)

【雷子的嘲讽被反驳回来,继续往嘴里扒拉早饭。

雷子:(向后)稀的还有什么,给来一碗!

【永久从后厨出来。

永久:稀的没了,您吃的是我早饭。

雷子:文明执法,不白吃饭。(拿出十元钱放桌上)这是《平安共建承诺书》,针对餐饮业,吃饭的人杂,那些寻衅滋事的、上访流浪的、到处拍照的、卖盘嗑药的,看见赶紧报警,要在你这儿出了事,你也得负责任。

永久:(签字)签了就不用负责任了吧?

雷子:别那么多话,你当我乐意跑这趟呢! 这么多年,我落着什么了,你们好歹吃饭有点儿,我就落一胃溃疡。对上头当好人,对下头当恶人,事办好了是应该的,办坏了屎盆子都扣我头上,你干一次试试来?

永久:我还真干不了,您辛苦。

雷子:(一眼看见什么)那人是干吗的? 说你呢,你进来!

【苏文同上。

永久:这不是苏处长吗,那年您做了首诗,调到市里后就没怎么见过。

苏文同:不是处长了,巡视员,局级。

雷子:上回您酒驾我铲的屎。

苏文同:那是一不小心,可原则性问题没有。

永久:您又写诗了吧?

苏文同:还真有一首! 念给你们听听。(念)迎奥运,大搬迁,转岗分流没怨言,奔赴河北曹妃甸,还给首都蓝蓝的天。

雷子:奥运过去好几年了。

苏文同:改成除雾霾就行了,除雾霾,大搬迁,转岗分流没怨言……

永久:您这不是诗,是药,什么病都治。

苏文同:说对了,我专治食堂的病。我们食堂工作委员会,吃遍各大委办局的食堂,最好的,是农业部食堂,花样品种最多,铁道部的也不错,外交部的不好,吃出来过苍蝇,最让我失望的是北大食堂,十年前我在那儿吃饭,竟然吃出了一个过滤嘴。不过,我现在一日三餐都吃食堂,外头的东西吃完就闹肚子,这不是赶上拆,再回你这儿吃一顿。

永久:您真是亏心不亏嘴。

苏文同:亏嘴能这么健康吗?现在人人都追求健康。有些机关食堂很好,一顿饭一块钱,饭后还发个水果,这对改善中国人的酸性体质,是非常有帮助的。

雷子:还有水果?我也是中国人哪!

永久:您吃的都是特供菜吧?对了,您有皮袄,我这儿不行。

苏文同:不行,就不留。我们联合几所大学的研究中心,打算把这里改一改,不仅要搞成798那个样子,还要比它更后现代,在艺术上超过798,在商业上超过三里屯。我刚才说了,我们专治食堂的病。没看新闻吗,北京PM2.5的来源,餐饮油烟占13%,工业排放才8%,餐饮油烟比工业排放都高!因为很多油烟机缺乏对 PM2.5 的过滤收集功能。

永久:当初炼钢的说不留就不留了,现在又不要我们这些做饭的,哪回都是你们治病,我们吃药!

苏文同:这是发展的需要。

雷子:巡视员退休年龄晚,能多拿几年工资吧?

苏文同:我多拿什么!我搞了一辈子理论研究,绝对没在钱上伸过手,说我愚蠢行,说我不清廉我跟你急!你们出去抄个摊还能分点东西,我拿到什么了!

雷子:抄摊的不是我,是城管。

苏文同:你们这代人就是没有把政治思想工作做好,八十年代的时候瞎看书,九十年代搞钞票,到了现在才发现,书没读好,钞票也搞不到了,只能埋怨社会。理论知识太缺乏了!

永久:理论?爹妈教我一套,学校教我一套,历史上有一套,社会上有一套,开放以后西方又进来好几套,我听谁的?

苏文同:听我的!我给你们好好讲讲——

雷子:(向永久)你就招他吧!(下)

苏文同:他怎么跑了?

永久:他惭愧。

苏文同:那还有救。

永久:快去救他。

苏文同:去就去,这时候知道要脸了!(追雷子下)

永久:(苦笑)救吧,谁来救救我呀?

【永久端起茶缸,又没心情,放下。

【显示屏突然亮了一下,显示出红字:午餐主食,馒头、发面饼、葱花饼、花卷、豆包……

【小娟上。

小娟:(看着显示屏)可算出字了。

永久:(也盯着显示屏)馒头、发面饼、葱花饼、花卷、豆包……不留就不留吧!

小娟:又想什么呢?

永久:有些事我琢磨不清。这些年人都忙忙叨叨的,你说忙什么呢?厂里的人,知根知底,谁怎么过来的都知道,不管是越混越好,还是越混越差,都说往前奔,可前头有什么?

小娟:前头有什么,都得往前走。

永久:高兴不高兴都得走?

小娟:对。

永久:可哪头是前?

【冯志勇上。

冯志勇:这头,这头是钱!二位好!我冯志勇啊!

永久:你不是在天津卖水产吗?

冯志勇:我早进步了,从麻辣烫到皮皮虾,现在进军餐饮业啦！永久,那年你不把大排档包给我,哥们可没记仇!

小娟:你也干餐饮?

冯志勇:这是我名片,(递名片)现在哥们从事法式餐饮。这儿以后建成商务区,白领少不了,今天我特意来看看这食堂。改外国餐厅, 那还得是法餐靠谱。

小娟:为什么非得是法国菜?

冯志勇:中法友谊源远流长,以前,法国贵族专拿中国的玩意儿讨好国王, 路易十六上朝都穿中国服装,为了买中国艺术品,把国库都买空了。不往远了说,六八年的时候,几百万法国人举着毛主席语录上街游行,总统戴高乐都被吓跑了。还有希拉克,中国青铜器专家,最喜欢的人是李白。你说,让那帮中国白领外国白领,喝着波尔多啤酒,吃着巴黎牛排炸土豆丝,搁俩喇叭放《大海航行靠舵手》,咱这中国文化,他们服不服?

永久:服不服不知道,这几年你可没少看书。

冯志勇:为做餐饮我下过功夫! 红薯、玉米、绿豆,中国以前没这些东西,都是外来的,红薯是越南的,玉米是美洲的,绿豆是印度的,还有辣椒、芝麻、花生、菠菜、茄子、胡萝卜,等等等等。我得出一个结论,咱们老说外国这个不好那个不好,可最不拒绝其他国家的事,就是吃。永久,以后哥们的餐厅如果开在这儿,有钱一起赚,咱往前扎下去了!

永久:可哪头是后,哪头是前?

冯志勇:甭管到什么时候,钱那头,永远是前!

小娟:我们要不跟你一起干呢?

冯志勇:大姐,别冒傻气了,这地方我都打听过了,要建 SOHO 商务区,钱就那么多,你不抢也有别人来抢。

永久:你刚才说什么?

冯志勇:这要建 SOHO 商务区。

永久:再往前那句。

小娟:他说,钱那头,永远是前!

永久:(感叹)明白了。这回我真是明白了。

冯志勇:(问小娟)他明白什么了?

小娟:他觉得你可以放《大海航行靠舵手》,也可以放《走进新时代》。(向永久)走吧,又上火,进去喝口水。

【永久和小娟进后厨。

冯志勇:(琢磨,哼唱)多想对你表白……也行,法国人倒是认民歌。

【侯小力上,后随一日本人。

侯小力:多做!

【日本人看看食堂。

冯志勇:侯小力! 怎么着,不认识了?

日本人:哪泥?

【侯向日本人耳语两句,日本人点点头。

侯小力:(向冯)你瞎叫什么,日本人最讨厌没礼貌了。

冯志勇:日本人现在都长个儿啦?

日本人:哪泥?

冯志勇:(向日本人)没事,没事,我们发小,聊聊天。

日本人:哦,聊吧。

冯志勇:(向侯)他会中文呀?

侯小力:比我爸说话都利索。

冯志勇:好几年没见,你来这儿办什么事?

侯小力:我现在是日本刺身协会,就是生鱼片协会驻中国北京专务,帮他们物色地方弄个寿司店。

冯志勇:你也搞餐饮了?

侯小力:现在人认这个呀,北京要没饭馆和成人保健,那还叫北京吗?饭馆开再远,架不住嘴多。前两年奥巴马访问亚洲,在中国待的时间最长,就是到处吃呢! 刚才听你这话,也搞餐饮呢?

冯志勇:对外叫美食,这么说能扎钱。我可先来的啊!

侯小力:咱俩不能对着扎,合起来搞。

冯志勇:法餐和日餐,怎么合?

侯小力:星巴克能合故宫里去,奶酪都能配绿茶,哥们,接轨,懂吗?

冯志勇:那就搞一个鹅肝刺身?

日本人:(搭腔)不好。

冯志勇:(干脆对日本人说)要不来一个清酒烩土豆?

【日本人撇嘴摇头。

冯志勇:芥末焗蜗牛,这行吗?

日本人:"要西"!"要西"!

侯小力:那就这么定了!(向冯)走吧,晚上搓一顿去。

冯志勇:好,今天我来,(摸身上,猛地)我钱包呢!侯小力,你这毛病还没改?

侯小力:(掏出一个黑钱包,还给冯)逗你玩呢。

冯志勇:还一红的呢!

【日本人笑了笑,拿出红钱包。

日本人:任何事情,我们都不会输给中国人。

冯志勇:您还是输了,(指红钱包)这是空的。没关系,我补偿您,晚上您想"眯细"点儿什么?

日本人:卤煮。要那段鹿尾儿和宝盖儿,不放香菜!

冯志勇:您会吃。

侯小力：那当然，说到底，还是日本人最懂中国文化。

【日本人、冯志勇、侯小力下。

【永久从后厨出，向后讲话。

永久：我犯不着生气，就是糊涂，不知道该去哪儿。看账本！都要拆了还看什么账本，烦！

【红铃搀扶着一个女孩上。

永久：怎么回事，什么人就往我这儿抬？

红铃：就坐一会儿，马上走。

永久：（认出）红铃？

红铃：给弄碗水，加糖！

永久：哦！

【永久端来一杯水，红铃喂女孩喝下。

红铃：（向女孩）你趴着缓一会儿。

永久：她什么病？

红铃：低血糖。

永久：（打量）她干什么的？

红铃：这你还瞧不出来？不过她做兼职。

永久：她嗑药吧？

红铃：（提醒了她，问女孩）嘿，你到底嗑没嗑？还大学生呢，净给我找麻烦！

女孩：（抬起头，有气无力）没嗑，是神仙水。

永久：她是摇累了摇成这样了。

红铃:我最恨嗑药的了!(向女孩)你刚才怎么不跟我说呀!要是让警察看见,我就栽你手里了!

永久:别说她了,你不是跟五子去深圳了吗?

红铃:我跟他干了几年服装,后来他炒股,赚了不少钱,我俩就傍一块儿了。

永久:五子人呢,他回来了吗?

红铃:永久,你和五子是哥们,但自打他第二次去深圳,你们就没再联系过吧?

永久:没有。

红铃:没联系就对了。五子后来坑了很多人,所有的人都不理他了,包括我。

永久:你刚才说,他炒股不是赚钱了吗?

红铃:多少钱也架不住抽粉!欠一屁股债,我跪在地上求他,没用,我抽我自己大嘴巴求他!恨的时候,他也抽他自己大嘴巴,但戒不了,我只能和他分了。

永久:(一阵心乱)他是王八蛋,他怎么能沾上这东西呢!

红铃:他得意,他狂,但是他没朋友。

永久:你要是看见小娟,先别跟她说五子的事。

红铃:干我们这个的,哪敢见熟人。要不是赶到你这儿了,我也不会进来。

女孩:(醒了)姐,我没事了。

红铃:没事就走吧。

永久:姑娘,踏踏实实的,找个正经事。

女孩:大哥,您别嫌我脏,不干这个,家里弟弟连上学的钱都没有。

永久:那我真没话了。姑娘,希望你大好年华,遇到个对的人吧。

红铃:对,别跟我一样。

女孩:姐,女人遇见对的人,大好年华才开始。对么,大哥?

【女孩的一问,让红铃和永久一时没说出话来。

女孩:走吧,姐。

永久:要走就快点,雷子刚才在这儿转悠呢。

女孩:大哥,谢谢你。

永久:(叫住)红铃,五子,他现在在哪儿?

红铃:深圳,罗湖戒毒所。

【红铃和女孩下。

【永久脑子里乱,没心思干别的。账本扔地上,又捡起来。

【鱼头跟随秦小生上。

鱼头:师父……

秦小生:别跟着我,走。

鱼头:您别看我台下寒碜,台上我准保不丢人。您看哪个团能要我,哪怕借过去,给我点演出费就行。师父！（向永久）叔，您帮我说说。

永久：怎么了？

鱼头：我工作那外企，说白了是一国际倒爷开的，现在他颠了，全公司的人都找活干呢！

【张北文上。鱼头忙转向一旁。

张北文：永久，怎么去羊膻味？

永久：萝卜、米醋、料酒、橘皮。

张北文：行，你帮我备点料。

永久：羊肉呢？

张北文：不泡羊肉，泡人肉。门头沟刚来电话，往大兴拉三只活羊，那边农家院要吃烤全羊。我一人弄不了，副驾驶搁一只，叫上我媳妇，后座一边抱一只。我估计回来后我俩就出不了门了，至少在家泡三天。鱼头，你怎么还没上班去？

鱼头：（闪烁其词）我饿了，爸，吃口东西就走。

张北文：吃好点，不吃早饭得胆结石。

鱼头：爸——您和我妈别太累了。

张北文：（掩饰心酸）我俩没事找乐。行了，我拉羊去。（下）

鱼头：师父，我爸都拉羊了，您拉我一把。

永久：秦老师，您帮帮鱼头吧，小时候多活泛的孩子，你看现在——

秦小生：让他到你这儿来？

永久：别，这不是毁孩子吗，我都不知道能干到哪天。

秦小生：一个道理！（向鱼头）这行能别进就别进，京韵，现在谁听？你唱段《剑阁闻铃》，谁又跟着你动情啊？咱们三分能耐，六分运气，一分贵人相帮。你时运不对。1949 年以前，有刘宝全，京韵就是攒底的活，现在曲艺都成什么样了，你还想干？听我的，随便去找份工作，不需要知音的，不用人鼓掌的，就是别干这个，省得你越干越心凉。

鱼头：可您还收过破烂呢，后来不是又唱上了。

秦小生：你！

鱼头：好玩意儿得有传承，这是您说的，而且您别不承认，您现在不是低就是冒，跟不上板了，可我行！

永久：鱼头，怎么说话呢！

秦小生：他说得对，我早不在调上了。过去我是收过破烂，因为我想挣钱，所以我更不能耽误你！

鱼头：我死活想干呢，我喜欢这个。

秦小生：真想干，自己往前冲吧，我不能领着你干这苦差事。（拿出一副板）这是副老酸枝的板儿，你师爷留给我的，你非要干，就好好收着吧。

鱼头：谢谢师父，我给您鞠躬了。（深鞠下去）

秦小生：走吧，走吧……

永久：鱼头，我师父跟我说过一句话，不能因为有垃圾，咱们就像苍蝇那样活着。一边泥一边水，中间是好道儿。

鱼头：谢谢叔。

【鱼头下。

永久：您还是心疼孩子，可这是为什么呀？

秦小生：挺好的孩子，没房，女朋友吹了，你说我让他干这个，不是害他吗？以前说祖师爷赏饭，可祖师爷赏不起房子呀！

【郭传声上。

郭传声：永久，几点了？

永久：您来早了，师父，午饭还没开呢。

郭传声：那我先坐会儿。呦，秦老师。

秦小生：别叫老师，您见过轰学生的老师？

郭传声：谁轰谁了？

秦小生：甭提了。

郭传声：别不提啊！你刚说轰，外头好几台推土机等着呢！

秦小生：推土机？

【永久忙向外看。

永久：怎么围了那么多人！

郭传声：要条件呢！

永久：我看拆迁是好事。眼瞅着好几家断绝关系的,这些天儿子们全回来啦,出国的都往这儿迁户口呢。

郭传声:要让无产者联合起来挺难的,一有资产就方便多了。

秦小生:(自嘲)要不得当北京人呢! 空巢家庭立马变四世同堂。多好的《墙头记》! 郭师傅,您没戏看,您亏啦。

郭传声:我赚了,老伴没留下孩子,我烧高香。

秦小生:我家老二老三昨天都动刀子了!

郭传声:哎哟,捅着谁了?

秦小生:谁把谁捅了我都高兴,可是他妈捅着我了! (伸出缠着纱布的手)

郭传声:您想开点,(向永久)给秦老师倒杯水顺顺。

秦小生:别倒,前列腺,不敢喝。

郭传声:我现在撒尿也滴答。人上岁数没好!

永久:师父,您学学别人,写书法、钓鱼,哪怕跳跳舞呢,在家待着容易想闲事,想多了难受。

郭传声:现在还有叫人想着不难受的事?

永久:起码您退休金够吃够喝吧? 张北文和他媳妇,两口子倒班开出租车,人歇车不歇,一天恨不得干十四五个小时,您说他们难受不难受?

郭传声:别玩命,挣多少钱最后都是药费。

永久:师父,我听我爸爸的话,听您的话,这二十多年就干食堂,没别人那么曲折,饿是饿不死,可离发财还远着呢。但我不是没想法,看着那么些人,有折腾起来的,发了,牛了,富了,贵了,心里想,我比他们差在哪儿呢?可看见有些人,没折腾好,折了,病了,死了,我的胆儿也小了。多少人,闪了一下,跟炮仗似的,又炸没了。

郭传声:要想奔好过,总得承受点儿。

秦小生:承受什么呢,郭师傅?

郭传声:不会大劈叉就老老实实趴着。

【大个上,佝偻着身子,腿脚行动不便。

永久:您这是怎么了?

大个:关节炎,脊椎炎,蹲猫耳洞留下的后遗症。

永久:老毛病。

大个:有新的,糖尿病合并丙肝。秦老师,您也来吃饭?

秦小生:我是躲饭吃!

大个:您家也是《墙头记》?

郭传声:这儿还一位呢!

大个:郭师傅!

郭传声:您还蹬三轮呢?

大个:不给白眼狼蹬了,现在逼着我给他过户呢!

郭传声:姑娘呢？那是贴心小棉袄啊。

大个:小棉袄？（苦涩地笑笑）

郭传声:明白了,黑心棉。

秦小生:咱们就跟这里头躲着吧,甭管谁来,咱给他来个不见!

永久:干脆这样,这儿刚装修完,还有砖头,我再叫人找点儿来,咱把窗户门都砌上,跟他们耗,食堂有的是粮食!

大个:就这么办!

【永久进后厨。

秦小生:得,咱这出改《打面缸》了!

大个:郭师傅,您现在进这食堂,特别亲切吧？毕竟是您战斗过的地方。

郭传声:亲切？现在叫你回老山,你亲切吗？

大个:我连打仗的电视剧都不敢看,看完就做噩梦。

郭传声:这不结了! 我到这儿来,人都不是原来的人了,我会觉得亲切吗？现在人脸上的表情,害怕,紧张,走起路来慌慌张张,都跟丢了魂似的。

秦小生:我也丢过。当年收破烂,就是心痒痒啊,两眼一黑就干个体户了。

大个:那时候有什么呀,馒头都供不上吃,现在要的是金馒头。

郭传声:我琢磨,这些年咱们是怎么一步步过来的,起初是偷,干什么都偷偷摸摸的,接着是骗,现在改抢了!

【永久从后厨出,捧着一盆面。

永久:您够敢说的。

郭传声:七十多岁,就剩嘴里的能耐啦!再说我才白案三级!

永久:您又来了!咱们这儿现在就开抢啦!推土机就在外头,还不是谁拳头大给谁。(把面给郭传声看)

郭传声:稀了。

永久:当水泥呀!

郭传声:糟蹋粮食喽!

永久:不碍事,咱别等人糟蹋,自个儿糟蹋一回吧!还有几块砖,我搬出来。(进后厨)

大个:一说砌墙,想起在前线修筑工事了。三十年了……刚从部队下来那阵,觉得地方乱,我是看不惯,但我想,有钱也许就好了,有钱就讲规矩了,现在看来不是那样,因为赚钱的时候就不讲规矩。我这一辈子交代了,不托人连低保都吃不上。

郭传声:您总算有法子。老李记得吧,多精明的人,平时就好吃口油酥火烧,前几年儿子下岗,儿媳妇尿毒症,没北京户口不给办医保,老李捡了块废钢渣子,自己刻了个医院的收费公章,光透析省下来17万,结果还是让人发现了,判三缓四。

秦小生:从轻判的,法外施恩。虽说他这么干不对,可这一家子受的委屈谁知道!奥运会的时候,咱们金牌第一,老李吧嗒吧嗒直哭,他说要是不退休,鸟巢体育馆没准有一条钢就是他轧出来的。

郭传声:委屈,委屈有几个人敢说?

秦小生:现在是当官说套话,专家说鬼话。

【永久搬出几块砖头,放在桌上。

永久:还有,商家说假话,明星说胡话,

大个:富人说狂话,咱们穷人说气话。

永久:甭管有钱没钱,谁也不好意思说自己幸福。按说我比上不足比下有余,可我这心里怎么就是空的呢,悬着,上下晃荡。

大个:我是腿晃荡,再过几年就是脑袋晃荡,准的!

秦小生:该怎么着怎么着,你怕它,该来还是要来。我怕大鼓没人听,不还是没人听吗?文化事业,只见事业可没见文化。有一次我瞎逛,见牌子上写着"京韵梨园",我想好啊,京韵都开场了,这该进去听听,谁知道一进去,俩大姑娘都愣了,人家劝我,大爷,您这身子骨就算了,我们这儿特色是足底和踩背。差点我就让人给办了!

郭传声：别说这个啦，说正经的，永久，你有什么打算？

永久：食堂要还开，我继续干，不开，我就去他地！我自己弄一饭馆，让朋友有地方待，我自己有地方吃饭。

郭传声：好！到时候我跟你干。

大个：我顿顿去你那儿吃。

秦小生：加我一个。

永久：不来都不行！

【刘树林和秘书上，兴高采烈。

秘书：刚才没视察完，刘总继续视察食堂！

永久：组织部找你谈完了？

刘树林：有句话说得好，不要为昨天焦虑，因为发生的已经发生，也不要为明天担忧，因为没有发生的还是未知。（对永久）我决定，食堂取消之前，还归你承包，另外还可以卖一些酒水和烟什么的，有一种烟就很好，叫什么来着？

秘书：梯杷。

刘树林：对，提拔，这种烟吉利。叫上组织部的领导，晚上在小食堂吃个便饭。

秘书：那现在？

刘树林：先去白云观烧香，再去八大处还愿。

（下）

秘书：老总被双规了，刘副总以后就是厂里的一把手。（追下）

【永久、郭传声和大个面面相觑。

大个：产房传喜讯，人家生（升）了。

永久：师父，我以前和您掰扯，饭局饭局，吃的是局，不是饭，现在看来——

郭传声：大食堂做饭，小食堂做局。

永久：就是这意思！做饭的干不过做局的。（叹气）我心里又晃荡了，要是不让我干吧，我犯嘀咕，现在让我干，心里又有点腻歪。师父，这些年我没少关心国家大事，现在怎么看不懂啊？

郭传声：一慢二看三通过。以前下海谁看得懂？

大个：看不懂。

秦小生：练气功治病，搞特异功能，谁看得懂？

永久：看不懂。

郭传声：股疯谁看得懂？

大个：还有那时候炒板蓝根，炒君子兰，炒邮票，现在炒房，炒地，谁看得懂？

郭传声：看不懂。

永久：喝凉水，打鸡血，赞助费，亲子班，占坑班呢？

大个：看不懂。

秦小生：假鸡蛋，假包子，假新闻，假足球，造蜂蜜的不吃自己酿的蜂蜜,养鸡鸭的不吃自己养的鸡鸭,还有包二奶的,做假账的,贪污受贿移民的,撞了人还扎几刀的——

永久:您别说了,都看不懂。

记者:我看懂了!

【记者上,对着几个老头一通拍照。

永久:你怎么又回来了?

记者:我压根没走,在外头一直瞅着呢,还别说,这食堂里真有点儿可挖的东西。(从脖子上摘下录音笔,向秦)大爷,这是录音笔,您说说那足底踩背,您怎么就让人办了?您躲什么呀!

秦小生:姑娘,老头嫌寒碜。

记者:那您说说您儿子拿刀捅您的事,水果刀还是菜刀?

秦小生:你饶了我吧,我瞎说的,我人来疯。

【秦小生忙不迭躲闪到一旁。

记者:(追问大个)那您说说蹬三轮拉黑活的事。

大个:(也躲着)不行不行,伤感情。

记者:(向郭)您呢?

郭传声:姑娘,别问了,你当哈哈瞧,我看着他们可真心疼。

记者:都不说,(向永久)您怎么称呼?

永久:我,我叫看不懂。

记者:(念叨)看不懂,人来疯,伤感情,真心疼……还都赶辙,你们几位倒像唱曲的。

秦小生:别说,就唱曲行。姑娘,唱曲录吗?

【女记者不感兴趣,对付着把录音笔放桌上。

记者:随便。

秦小生:各位,请坐。(直工直令)按说,唱之前要表白表白,今天没丝弦,咱们以砖当鼓,预备下这段京东大鼓《老来难》。即兴改编,我在您这儿就算是忘了词,荒腔走板,您就只当是小孩撒个娇,耍个赖,请您原谅。

【秦小生拿根筷子,有板有眼敲在砖头上。

秦小生:(哼过门,唱)

老来难是老来难,

劝君别把那老人嫌,

当初我嫌别人老,

如今轮到我头前,

我经常串门去观看,

听我从头说上一番。

郭传声:(插话)这是要说谁呀?

秦小生:(唱)

真心疼说话得高声喊,

没儿没女还惹人烦。

郭传声:说我呢!

秦小生:(唱)

伤感情眼花看不见,

那老山前线把血流完,

那老熟人,

走到近前把他喊呐,

他骑个三轮去挣钱。

大个:(插话)把我也捎上了。

秦小生:(唱)

看不懂,

别人嫌他发展慢,

说妨碍进步你躲一边。

永久:(插话)这两句是给我的。

秦小生:(自指,唱)

人来疯吃饭嚼不烂,

哎……

囫囵吞枣咽肚里边,

儿女卡中间,

好心眼儿拿刀剜,

伸手要祖产,

反倒说我馋,

哎,你说我是冤不冤!

郭传声:冤!

永久:真冤!

大个:(站起身,忽然唱起来)如果是这样,你不要悲哀,共和国的旗帜上有我们血染的风采……(庄严地敬礼)铁道兵部队65团老兵前来报到!

【大个激动过度,众人搀扶他坐下。

【永久端来水。

郭传声:硝酸甘油!

秦小生:没带着!

记者:120,我打120!

大个:(缓过来)没事,我没事。(苦涩)以前我唱这歌想哭,今天怎么想乐啊? 我怎么瞅着我自己就是个乐儿呢!

郭传声:大个,就当个乐吧!

秦小生:对呀,别想糟心事了,咱们仨老破烂出去喝点儿?

大个:喝点儿! 来瓶白的!

郭传声:再来盘萝卜皮!

【郭传声和大个、秦小生下。

记者:(拿起录音笔,向永久)没人了,您还想说点什么吗?

永久:想,我想掏心窝说一句,(戏谑地对着录音笔,唱)哎,你说我是冤不冤!

记者:没见过您这样的!

【记者护着录音笔,厌恶地躲着他。

【苏文同上。

苏文同:(向永久)永久,你怎么还在这儿呢,跟苏文同我走!你拦住推土机,我去找他们领导。

永久:怎么了?

苏文同:听说我家也要拆!就说我不在这儿住,也不能这样对待老干部呀!你笑什么?我是为大家伙争取。拆,可以!一套换两套,外加补偿金!

永久:我不去当你的炮灰。

苏文同:你傻到家了,这么多年白白有这么一个机会!反正我这岁数了,不见兔子不撒鹰!

记者:请问您怎么看待老工业区的搬迁改造?

苏文同:(换了口吻)领导干部要以身作则,提高认识,顾全大局。(下)

永久:(见记者拿笔记录)这句有什么可记的?

记者:宣传正能量。

永久:(略带愤恨)白白这么一个机会,其实我也想争取!

记者:您不像有那个胆儿的。

永久:我告诉你我为什么没那个胆儿。刚才那位有皮袄穿,您有这根笔能说话,可我有什么?我想起我爸来了,他叫我老老实实做饭,你说一个做饭的,没钱没皮袄还没你这根笔,生气了也就捶几下面口袋,他能有什么胆儿?还指望他有办法给自己争口气?

记者:您别抱怨,我拿笔也是干活吃饭。

永久:做了一辈子饭,还就吃饭这事,我最不明白。

【二胖上,后随众人,手中都拿着砖头。

二胖:师父,连人带砖,我全找来了,您说吧,跟谁!

永久:我要砖头砌墙,不是打架。

二胖:我还揣俩擀面杖呢。

永久:用不着,你走吧。

二胖:您有事就招呼我!(下)

【人们放下砖头。

一人:不打架,那开饭吧!

一人:对呀,到点儿了!开饭吧!

【小娟从后厨出。

小娟:都预备好了,别着急,请刷卡进。

【人们重新排队,陆陆续续取盘子,排队。

【分头上。

分头:都先不要吃饭!你们有没有想过,熘肝尖、红烧肉,这是什么?还有羊肉汤!动物是有生命和感情的,它们和我们一样,是有情众生,是我们的同伴!

永久:你要说什么?

分头:生产一份肉,要花费14份粮食。不吃肉是可以维持生命的,人类应该回归自然。爱迪生、托尔斯泰、爱因斯坦、麦当娜,他们都是素食主义者。

永久:谁愿意吃谁吃,你不能强迫别人。

分头:放下罪恶的刀具,关闭充满肉欲的食堂,不要盐,不要油,戒辛辣,戒贪婪,获取天然的均衡营养,摆脱都市的喧嚣,获得灵魂的愉悦。谁都别找倒霉!

永久:你到底想干吗?

分头:佛说不可杀生,吃肉的人断大慈悲种子。大哥,您把绿豆倒给我吧?

【打饭的人来了兴致。

众人:哪儿有绿豆?在哪儿买?

记者:(举着录音笔,向分头)我看您有号召力,您说两句。

分头:(得意忘形)你要骗一个人,他且算计呢,骗一堆人,一骗一个准儿!(纳闷)我怎么把实话说了?要绿豆的跟我走!

一人:等会儿!(举着收音机)

【收音机里传出声音:下面公布第 250 期双色球的中奖号码,红球为 7,8,11,16,19,28;蓝球为 5。

众人:中啦!中啦!我们全中啦!绿豆不要啦!

【众人蜂拥而下。

记者:(看表,对着录音笔)现在是北京时间十一

点半,今天采访很不成功,什么新闻点也没挖着,还遇见一群神经病。(掏出彩票,激动起来)我也中啦!(下)

【食堂瞬间空了,只剩下永久和小娟。永久望着那些匆匆忙忙下去的身影,听着渐渐远去的聒噪声,驻足良久。他还在想着,仍然有许多问题似乎在脑子里纠结,可他依旧想不明白。

【隐隐传来机器的轰鸣声。

小娟:是推土机,他们开始拆家属区了。

【永久不说话,仔细听着那沉闷的声音,刚才的戏谑退去,脸上凝聚起酸楚。小娟望着他,陪他一起听。

【行脚僧上。

永久:您瞧见什么了?

行脚僧:阿弥陀佛,车轮滚滚。

永久:您心明眼亮,走一步看三步,给我们出个主意?

行脚僧:阿弥陀佛,我也没辙。

永久:他也没辙,那就拆吧,甭管肚子里的,还是房子里的,都给他拆喽!

【永久看到角落的自行车,走过去按响清脆的车铃,推到舞台中央。

永久:咱还有这个。他拆他的,小娟,咱遛会儿去!

　　小娟：去哪儿?

　　永久：走到哪儿算哪儿……

　　【推土机的轰鸣声逐渐大起来,笼罩在头顶。

　　行脚僧：(掏出馒头,凝望)阿弥陀佛……

　　【收光。

尾声

【还是这个地方,废弃的小锅炉、锈迹斑斑的薄铁皮和三角铁堆成一座小山,两条小火车的铁轨如今砸弯了,连同几根枕木四仰八叉卧在草丛里。枯败的荒草长了半人高,弯曲的小径从食堂里延伸出来。

【戴黄色导游帽的女孩上。后随旅游团。

导游:大家请看,这就是轧钢厂旧址。工厂搬迁,拆一半就扔这儿了。这个地方,据考证,大禹治水的时候曾经来过,历史上不少名人也留下过足迹,比如龚自珍、袁世凯和冯玉祥,不过现在都是野猫野狗。往后边看,那是一间食堂,建于 20 世纪 50 年代,现在基本已经废弃了。

游客甲:(广东口音)食堂就会炒大锅菜!

游客乙:我们老师说,食堂是计划经济的产物,为什么不拆了建美食城呢?

导游:对面!去年新起的美食城,里头有个大锅菜研究会,汇集了鲁川苏粤、闽浙湘徽各大菜系的人尖子,就是在研究怎么把大锅菜发展成一个菜系推向市场。

游客甲:这和食堂有什么关系?

导游:那个美食城的胖总,兼大锅菜研究会副会长,就是从这食堂学徒出去的。胖总不忘本,月月给他师父开支,可他师父偏喜欢在这个食堂里蒸馒头。

游客乙:想不到这种地方还出能人。

导游:连日本外务次长都吃过胖总炒的菜!这事我是听别人说的,(指)就是那人!

【永久和小娟上,小娟推着那辆款式陈旧的自行车。

导游:师傅,您把那日本外务次长的事讲讲?

永久:好啊!

【永久从自行车后座两边的置物架上拿出几个馒头,掰开分给众人。

永久:(边分边讲)各位,中日俄关系微妙,日本外务次长秘密访华,正经事没谈,待了两天倒把嘴吃馋了,他托人来找美食城的胖总,胖总给炒了一道醋溜木须,吃得外务次长直哭。他说,太现眼了!以前只知道麻婆豆腐好吃,不知道还有醋溜木须这道菜。哭了半天,胖总见他没吃顺溜,又给拿了俩馒头。

游客甲:这下不哭了?

永久:哭晕过去啦! 他说了狠话,中国要是能把
蒸馒头的秘方给他,不仅钓鱼岛,连琉球都还给咱,
再不敢跟咱们掉腰子了。他左一口,右一口,吃了一
口又一口……吃,吃,吃……

【在永久鼓动和暗示下,众游客下意识地往嘴里
塞馒头。

游客甲:这馒头好吃! 又像发面又像戗面的,还
有广东面点的味道。

永久:您会吃,这是改良馒头。

众游客:是好吃! 我买几个!

永久:有定量,一人最多十个。

众游客:那我买十个! 买十个!

【小娟拿出准备好的一袋袋馒头,收钱,发放馒
头。

【永久叫过游客甲。

永久:您打广东来的?

游客甲:是啊。

永久:跟您打听个地儿,深圳罗湖您熟吗?

游客甲:从深圳机场打的,100元到130元,要提
前讲价。(拉住永久)后来呢?

永久:什么后来?

游客甲:蒸馒头的秘方给日本人了吗?

永久:跟您说实话,胖总炒菜是真的,后边是我编的。

游客乙:胖总这么厉害,他师父是谁?

永久:他师父? 他师父……

小娟:他师父是卖馒头的,叫馒总。

永久:对,馒总! 馒总不争气,就会蒸馒头。(问小娟)都卖了?

小娟:都卖了。

永久:卖完了,挣钱了,这个故事讲完了。

导游:走,大家提好馒头,咱们去参观水泥厂和锅炉厂,经过改造,现在都是大卖场!

【游客们跟随晃动着小黄旗的导游,下。

【永久和小娟沿着弯弯曲曲的小径,走回食堂。

【舞台上响起连铸机的作业声音,电炉的轰鸣。接着,工人遥远的号子声传来:连铸钢水……大包开浇……烧眼儿翻包……

【这些声音里夹杂着食堂后厨的喊声,声音同样遥远:焯水上浆……挂糊拢芡……溜边捞肉……

【暗。

【完。

【电影剧本】

转 弯

Swerve

赵 亮

▲ 作者 / 赵亮

作者简介

　　赵亮,又名赵至庞,笔名庞然,江苏省作家协会会员,江苏省"333"人才。1971 年出生,1999 年获文学硕士学位,2011 年进修于北京电影学院文学系,曾任电视台记者、地方文学艺术院负责人。创作以戏剧影视剧本为主, 主要作品有电视连续剧《青铜纪》《吴鞠通》《大闽商》,舞台剧《梁红玉》《问心》《一次别离》等,多次荣获江苏戏剧文学奖、优秀编剧奖。出版作品有《庞然剧稿》《淮上清风》《淮安里运河·故事卷》《精彩江苏·淮安卷》等。

内景　钱多多家　清晨

【窗帘低垂却没有拉严,透过洁白的窗纱可见窗外幽蓝色的晨曦,床头灯亮着,是昏暗温馨的色调,床头柜上有一只精致的电子屏闹钟,数字正从 6:29 变成 6:30,悠扬的铃声响起,一只白皙的做了美甲的手慵懒地摸索着伸过来关掉了铃声,人却又咕哝着翻身伏在柔软的枕头上睡了。厨房里,可以见到一个男人的腿脚在走动忙碌,一只穿着马甲的泰迪活泼地围着他的脚边转,可以听见锅铲磕碰声和煎鸡蛋的滋滋声,男人大声地喊着:多多,该起了! 泰迪应声穿过客厅,跑进卧室,在女主人的床边汪汪地叫着,甚至把爪子扒到了床边。钱多多突然翻身坐起,抓住泰迪举起来并且摇晃着,泰迪欢快地试图亲她。

钱多多:哈,抓住你了,你个小坏蛋!嗨,好啦好啦,咱们起床。

【衣橱内挂满了各色女装,一件件被拿出来又被不满地放回去;镜子前的洗脸台上,成套的欧莱雅化妆品被次第打开,眉笔轻轻地画出弯弯娥眉,一只口红优雅地旋转出来,鲜艳欲滴的红唇,镜头拉开,一张精致的脸庞呈现在镜子里,钱多多满意而俏皮地笑了。

【一杯牛奶,烤面包、煎鸡蛋、煎培根,还有一份水果沙拉,装在精美的瓷盘里,在餐灯下色彩诱人,桌上白瓷花瓶里插着鲜花,花下是一个老头老太并坐的陶瓷摆件。钱多多拿着刀叉吃饭,丈夫郑谦亲热地扶着椅背伏在她身后。

钱多多:老公,你煎培根的水平赶上米其林了,真是焦香脆嫩。来,奖励一口。

钱多多叉起一块培根喂给郑谦,郑谦耐心地吃下。

郑谦:快点吃! 别让人家赵威等了。

钱多多:好羡慕你啊,今天又可以不用上班。

郑谦:我在家也不能闲着呀! 整个效果图今天下午就得交稿,客户催得紧。

钱多多:那说好了! 忙完这个,周末咱们去生态园野餐。

郑谦:没问题,不光野餐,还可以野——

【郑谦俯身在她耳边耳语。

钱多多:你要死啊——

【钱多多又羞又恼,站起来举拳捶打郑谦,郑谦告饶。

郑谦:别闹了,别闹了,我投降。

内景/外景　电梯内/小区内　清晨

【电梯的数字一路向下,钱多多哼着流行歌曲,从香奈儿包内掏出口红对着电梯壁补妆。电梯门打开,她快步走出单元门,刚好赵威拎着公文包从隔壁单元出来,赵威三十二岁。两人打了招呼一起走向楼前停着的蓝色朗逸。

赵威:早啊。

钱多多:早!周姐呢?

赵威:她啊,玩大了,夜不归宿!

钱多多:少来!人家值夜班了呗。真哪天夜不归宿了,你就惨了!

赵威:她要在啊,你们俩今天就都惨了!

钱多多:是么?

赵威:孙律师昨晚跟我商量,今天捎上他一个朋友,她要在,你们不是都得挨挤了?

钱多多:也是哦,咱们这毕竟也算跨省上班呢。

赵威:走吧。

【二人上车,汽车启动离去,镜头上摇,密集的高层住宅就如蜂窝。

内景　车内(长镜头)　清晨

【汽车驶向一个别墅区。赵威打开音响,劲爆的摇滚乐奔泻而出:

我以为努力会使前程平坦,

我以为头顶永远是晴天,

我不知道命运在此伏击,

人生的道路从此转弯。

为什么我总是满身疲惫步履蹒跚?

人潮汹涌所有人与我无关。

携手一生的人啊你到底在哪里?

北京的夜色里独自看灯火阑珊……

钱多多:大清早听这个闹不闹啊!

赵威:嘿嘿,提神。

钱多多:还没醒吧。

【钱多多伸手按键换碟,轻快的钢琴曲流淌出来。

钱多多:这个多好,克莱德曼,让你心旷神怡。哎,你看,孙律师带着个美女哎!

赵威:还真是,他昨晚电话里可没说。

【孙溪广四十岁的样子,一身西服,正站在别墅区门口跟李晓慧说笑着。李晓慧三十五岁左右,职业套装,很精致而透着利落劲儿。赵威将车子停到他们面前,孙溪广替李晓慧拉开车门,自己从另一侧坐进后排。赵威车子起步驶离。

孙溪广:隆重介绍一下,李晓慧,汇昌投资拓展部经理,真正的金融一姐哦。

【赵威和钱多多都"哇哦"了一声。

孙溪广:这位帅哥赵威赵工,清华博士,中关村IT业的翘楚,著名软件工程师。

赵威:大律师,您就别嘘了,咱就一程序员,俗称码农。

孙溪广:这位美女钱多多钱老师,私立启航英才学校形象大使。

李晓慧:钱老师,你们启航咋样啊?我正准备让儿子上私立学校呢。

钱多多:李姐,您别听他瞎说,我们那就一打工子弟学校。

孙溪广:介绍完毕,赵钱孙李,今天齐了!

钱多多:哇,真的巧哎。

李晓慧:认识两位很高兴!

孙溪广:晓慧平时自己开车上班,今儿她车最后一天,必须年审,说到底还是缘分哪!大家多熟悉熟悉,省得警察逮着说不清道不明。

赵威:是啊李姐,遇着检查就说是朋友

李晓慧从坤包里拿出一百元钱递给赵威。

李晓慧:没问题,车钱您收着。

赵威:免了免了,早晚得坐一回,就当交朋友啦。

李晓慧:那哪成!不能让您辛苦了还倒贴油钱路费啊。

孙溪广:赵威,收着吧,亲兄弟明算账。

赵威:那好吧。多多,帮我找七十三块四。

赵威边开车边将公文包递给钱多多,钱多多打开公文包拿出皮夹。

李晓慧:别找啦。

赵威:那绝对不行!说好了亲兄弟明算账的。

李晓慧:为什么是七十三块四啊?

钱多多:这是赵工夫人经过多次实践精确计算出来的,不算人工磨损,油费加来回过路费,人均每天二十六块六毛。

李晓慧:哟!这么精确啊?

赵威:拼车嘛,咱又没指望这个赚钱。长年累月的,不算清楚怎么行。

李晓慧:可天天开车也很辛苦啊。

赵威:也不是天天,限行嘛,单号开我的,双号孙律师开他的 SUV。辛苦是辛苦,主要怕挤那个公交。

钱多多:唉,你们看这队排的!挤上去也是活受罪。

【汽车刚好经过公交车站,钱多多摇下车窗,只见外面排着长长的队伍,公交车已经挤得关不上门,人声嘈杂,卖鸡蛋灌饼、煎饼果子的叫卖声此起彼伏。

李晓慧:我坐过两次,真是怕了。一回没座位,真挤成相片了,旁边一人站人团里睡了一路也没黜落下去;还一回有座位了,到站愣是没挤下车。

钱多多:我那次更惨,挤得前心贴后背,前面一人吃鸡蛋灌饼,后面一人就趴我背上啃了一路煎饼卷大葱,害得我晚上到家还一身大葱味儿,老公问什么时候出大葱味香水啦。

【众人哈哈大笑。

钱多多:所以呢。我是坚决不坐公交,除非以后城际快轨开通。

赵威:应该快了吧,光咱们住的这小县城每天早上就十万多人进京上班,再不建轨道交通真不得了。不是说京津冀都一体化了嘛!

孙溪广:您就耐心等着吧。现在情况是剃头挑子两头都不热,河北这些周边区县呢光想着吸引大家来买房炒房地产,叫他们拿钱出来修快轨门都没有。北京呢是根本不尿这些区县,级别也差太远了。

钱多多:换话题换话题!这些事情咱们也管不了。李姐,你这唇膏真漂亮,看起来跟丝绸一样,什么牌子的?

李晓慧:就是主打的丝绸光泽,迪奥烈焰蓝金的新款,我就图它不掉色,喜欢我明儿送你一支。

钱多多:我都是用兰蔻,还真没用过这个牌子。

孙溪广:迪奥可是法国最顶端的时尚品牌,除了化妆品,主要做时装,前不久 Angelababy 的婚纱就是他家做的。

李晓慧:行啊大律师,连这些都知道!

钱多多:你不知道吗?咱们孙律师职业离婚律师,师奶怨妇就喜欢找他,这些知识对他而言,绝对比法律条文有用得多。

孙溪广:别埋汰人,我今儿个就开始转打经济案件啦。

钱多多:哎哟,那谁给我们女同胞们主持公道啊,这得伤了多少师奶的心啊!

赵威:坐好啦各位,进匝道了。

【朗逸转弯进入匝道,驶向京哈高速收费口,车速较快,钱多多等人不禁倒向一侧。

钱多多:哎哎——你悠着点!也算老司机了,怎么还跟毛头小伙子似的!

孙溪广:毛头小伙子也算不上,嘴上还没毛呢。

赵威:我天天光的好不好?早提醒你们了。

【朗逸进入收费口,前面一辆车过关而去,赵威抵达窗口摇下车窗,准备拿卡。可是里面的收费员一直在接电话。

钱多多咕哝:上班时间,怎么能打这么长时间电话。

赵威:人家是爷,您就耐心点。

收费员:对不起先生,刚接到通知,前方大雾,关闭入口。

赵威:怎么这么巧?

收费员:我不是也才接的电话嘛。

钱多多:这天不好好的吗?哪有雾啊?

收费员:你看得到的是没有,你看不到的不能说没有吧。

钱多多:前面那辆不是过去了吗?

收费员:前面是前面,现在是现在。退后吧。

赵威:先生,能不能行个方便?您看我都到这关口上了,您手一抬,我们就过去了。

收费员:嘿,还是您会说话。我手一抬,我下岗了谁管?这事没商量,趁早退回去自找出路。

李晓慧:啊呀!这怎么办啊?

赵威:没办法,只有走下面县道了。

孙溪广:我下去请后面的车倒一下。

【孙溪广下车,跟后面的车略作说明,俩车陆续倒出收费口,孙溪广重新上车,朗逸掉头驶下高速。

李晓慧不禁有点焦急,音乐也不知不觉换成了贝多芬的《命运》。

李晓慧:县道好走吗?

赵威:还好吧,就是前一截弯道多,后面上张彩路到京通快速路就好了。

李晓慧:时间来得及吧? 现在是七点二十……

孙溪广:来得及,从下面走里程上不比高速多多少,就是速度有点上不来,但是,最多慢个二十分钟吧。

李晓慧:不好意思,主要我今天要跟老板参加一个招投标,九点钟必须赶到公司,为这个项目我已经忙了半年了,好几个亿呢……

钱多多:好几个亿啊,李姐,这么大的项目拿下来,老板得怎么奖励你才好啊!

孙溪广:铁定要升职加薪啦。放心吧晓慧! 我们都赶时间,赵威要打卡,我今天有一个经济案件要开庭,案值也不小。

钱多多:孙律师,你真的要转向经济案件啦?

孙溪广:当然,你以为我前面是在骗你?

钱多多:那你这回代理费一定大大的吧?

孙溪广:那也得官司打赢了才行啊,我是跟人家签了风险代理合同的。

钱多多:那说明你成竹在胸嘛! 说好了,到时候请客。

孙溪广:小菜一碟。

钱多多:小菜一碟?我要吃法国大菜——马克西姆!

李晓慧:那孙律师可要大出血啦。

钱多多:要不,换你们金融街那家西餐厅也行,我特别喜欢他家的烤猪排和鸡肉沙拉。

赵威:别光想着吃啦!帮我把导航打开,真起雾了。

钱多多:(不满地)什么雾!就是霾!一见着就堵心。

孙溪广:您就理解吧,都说了这是发展的必然代价。

钱多多:都说?谁说?人家国外……

赵威:(打断了她)别争了!开导航吧。

钱多多冲孙溪广哼了一声打开导航,高德导航语言提示就绪。李晓慧感觉担忧。

李晓慧:雾好像还不小,这怎么办?

孙溪广:赵威,速度怎么样?

赵威:能开到七十码,不能再快了。

李晓慧:现在已经七点半了……这速度,不知道……

孙溪广:这个速度估计差不多,说不定过了这一段就没雾了呢,而且太阳一上来,雾也就散了。

钱多多:(焦急地)怎么会啊！越来越浓了呢！

孙溪广:你帮赵威好好看着路,大家别说话。赵威,保持速度！

【大家不再说话,只有车载音乐在响,而且不知不觉已经换回赵威一开始放的那首摇滚,但是谁也没有注意到这个变化。

钱多多:哎！注意,前面来车了。

【一辆运渣土的翻斗车开着大灯,在浓雾中黑黝黝的身影像庞然怪兽一样隆隆逼近,小轿车内的人们明显感觉大地在震动,在本来就不宽的路上差点擦着他们的车呼啸而过。

赵威大吼:怎么开的车！

李晓慧:素质太差了！这样窄的路还开这么快。

孙溪广:渣土车基本都是道上的人控制的,你能指望他们有什么高素质？

钱多多:小心,前面又来了！

【只见一溜渣土车相继驶来又隆隆越过,赵威胆战心惊地驾着车。怪兽似的身形压迫着他们,似乎一只比一只高大,耀眼的大灯一辆一辆闪过,刺得他不禁心摇目眩。

钱多多:雾太大了,看不清啊！

【最后一辆车错身而过的时候,声音压过了导航微弱的"前面右转、请转弯"的提示,只有钱多多大喊一声。

钱多多:转弯,快,右转弯!

【赵威急打方向盘,朗逸在差点冲出道路的情况下危险地回到了正道上,大家齐呼"好险"而出了一口气的当口,这才发现车前浓雾中赫然有一辆同向行驶的机动三轮车,但是已经来不及了,在尖利的刹车声中,朗逸一头撞了上去。

【镜头切出,黑场中,惊叫声、轰隆的撞击声,音响的摇滚正唱到"命运在此伏击,人生的道路在此转弯",所有的声音戛然而止。

外景　县道旁　早晨

【淡入,全景,撞上路边隔离桩的朗逸静静停在淡蓝的晨雾中,只有方向灯一闪一闪。一切无声,不再有车辆通过。半晌,车内传来小声的对话。

钱多多:你不下车看看?

孙溪广:算了,别勉强他了,我们下。

【车门打开,孙溪广、李晓慧、钱多多下车,战战兢兢走向路边向沟下探看,钱多多紧紧地抓着李晓慧胳膊,突然发出一声短促的尖叫,又捂住了自己嘴巴。只见沟底机动三轮车侧翻,萝卜、蘑菇、茄子、大白菜撒满一地,一个妇女一动不动地脸朝上躺在蔬菜中,睁大一双空洞的眼睛,鲜血无声地从她的发际流下,将大白菜叶和几个白蘑菇染得鲜红,色彩对比犹如一幅油画。

【孙溪广跳下沟中,伸手试探她的鼻息,然后直起身来向二女缓缓摇头。然后继续前后左右察看现场。

【李晓慧看看四周,再没有刚才隆隆逼近的车辆,又抬头看看微风摇曳的树冠,天地间静谧得有点诡异。

李晓慧:(缓缓地)这会儿怎么安静得像做梦。

【一阵风吹过犹如一阵叹息,树叶沙沙作响,钱多多感受到了惊恐,突然松开李晓慧踉踉跄跄跑回车内。

内景 车内 早晨

【赵威伏在方向盘上一动不动,钱多多拉开车门坐进副驾位置,浑身哆嗦。赵威抬起头来看着她,他的额头也有一缕鲜血,他完全顾不上这些,只是急切又害怕地询问钱多多。

赵威:怎……怎么样?

钱多多:死了,死人了……

【赵威一把抓住钱多多的手,声音颤抖得厉害。

赵威:真、真的? 这怎么办? 这可怎么办啊!

【他害怕焦虑至极,突然用头猛烈撞击方向盘,一下一下,喇叭随之发出滴滴声。

钱多多:(带着哭腔)赵威,你别这样,赵威——

外景　县道边　早晨

突如其来的喇叭声刺破了诡异的静谧,李晓慧跑向汽车。沟底的孙溪广也跳上来快步回来。

内景　车内　早晨

【赵威依然在撞方向盘,声音已经声嘶力竭。

赵威:怎么办?!我该死,我该怎么办啊——

【李晓慧上车,从后面拍着赵威肩膀试图安慰他,孙溪广随后也上了车。

李晓慧:赵工,赵工,你冷静点。

赵威:(大喊大叫)冷静?怎么冷静啊!我撞死人了,我撞死人了!我,我完了,我完啦——

孙溪广:(大吼)赵威!你这样有什么用!事情已经发生了,面对现实吧!

【赵威一下子安静了,喃喃呓语。

赵威:现实,现实……

钱多多:孙律师,你快说说现在怎么办吧?

孙溪广:(叹了一口气)唉,情况很明显,我们追尾,应该负全责。

钱多多:可是,可是那些翻斗车影响我们了啊?

孙溪广:人家翻斗车占你道没有? 碰着你没有? 都没有! 关人家什么事!

钱多多:那,那结果会怎样?

孙溪广:根据法律,撞死一人负全责,就是刑事犯罪了,弄不好要坐牢的。

赵威:啊?

钱多多:能不能不坐牢?

孙溪广:能啊,多赔钱,赔到死者家属满意为止。

钱多多:那——得多少钱?

孙溪广:丧葬费、死亡赔偿金跑不了的,我看死者不到四十岁,要是上有老下有小的,还有抚养费、赡养费,没有一百万拿不下来。要是遇上不讲理的,再狠狠地敲你一笔精神损失费,那就更说不准了。

李晓慧:一定的! 这地方人最不能惹。去年我一个朋友在这压死了一头猪,来了一大群人要打要骂,非说是他家宠物,跟家庭成员似的感情,结果赔了三万多才让走!

赵威:(眼睛似乎放出光来,咬牙切齿) 要打就打! 大不了我抵命! 去坐牢!

钱多多:你胡说什么呀? 你不想想果果才五岁,还有倩倩跟你妈怎么办?

【赵威捂住脸,半晌,无助地哭起来。

钱多多:孙律师,你快想个办法吧?

李晓慧:是啊,你这方面见得多,又懂法,想想办法吧?

孙溪广:确实有一个办法,但是……

【钱多多激动起来,隔着座位抓住孙溪广的胳膊摇晃;赵威也期待地回头谛听。

钱多多:还但什么是呀! 快说啊!

孙溪广:这个,我做律师的真不能说啊。

钱多多:咱们天天一道来一道去的, 他都这样了,你真忍心看着他的家散了,看着他去坐牢? 而且这也是我们大家的事啊。

赵威:孙哥……

孙溪广: 唉——这个办法需要我们所有人口径一致,不管跟谁,都得咬死了这个说法。

钱多多:行! 李姐,你呢?

李晓慧疑惧地问:你,你是要伪造现场?

孙溪广:不用,那个我真不敢。我仔细观察过现场,我们是追尾撞上的,巧的是,三轮车尾部一点痕迹都没有,倒是前轮严重变形,估计是在下面石头上撞的,但现在车头方向却掉过来对着我们。

赵威:你是说……

【赵威两手食指做了一个相对撞击的手势。

孙溪广: 对! 我们只要说是对方在雾中转弯大

了,逆向行驶与我们相撞,对方也是机动车,这样主要责任就是她的了;我们过错在雾中行驶速度有点快,无论对方怎么闹,警察也最多认定对等责任。这样就不是刑事犯罪而只是民事赔偿问题了。因为对方也有责任,我们也不必全赔了。

钱多多:到时候保险再赔,就没多少了。

李晓慧:警察会只听我们空口说吗? 不是要做什么痕迹、什么鉴定的吗?

孙溪广:这个我也注意了,三轮车比较轻,路面除了我们的刹车痕没有留下什么痕迹,我们车头没有她车尾油漆什么的,保险杠也只能看出我们撞到隔离桩的痕迹,正说明我们避让了啊。

钱多多:李姐,就这样吧。

李晓慧:大家都同意的话,我没意见。

孙溪广:好,大家待会对一下词,别在警察面前露出破绽。多多,把行车记录仪拿下放你包里,找时间把记录删了。注意哦,对任何人,包括我们自己的家人,也不能走漏一点口风!

钱多多:放心吧!

【钱多多把行车记录仪拆下,放进包内。

赵威:谢谢,谢谢你们!

孙溪广:赵威,可以报警了,也显得你积极主动。多多,你打120和保险公司。

外景　县道旁　稍后

【孙溪广蹲在地上,又在细细察看现场。赵威静静地坐在驾驶室,头仰靠靠背。钱多多和李晓慧站在朗逸不远处说话。

李晓慧:保险公司不派人来吗?

钱多多:出险的人明显偷懒,说雾大,没法来,等交警责任认定书出来按规定办。也不知道能赔多少,要是赔偿不多,赵威压力就大了。

李晓慧:他们搞 IT 的不是工资很高吗?

钱多多:说是年薪三十万吧,但是哪里够啊!不然也不会跑河北来买房子了,现在每月房贷就两万。老婆做医生,正在读在职博士,接了他妈在这里带孩子,他妈身体又不好。孩子明年上小学,还想在北京买个学区房,学区房啊!那已经不是人间的价格了,但是,谁敢把孩子放这破地方读书呢。夫妻俩都是山西一县城的,真要出点事,家里啥也指望不上。

李晓慧:这年头谁的压力都不小,只能自求多福吧。唉,不知道警察来了我们能不能离开……已经快七点四十了,真是……急死人了。

钱多多:李姐,我建议你先用滴滴打车叫个车吧,警察问完话你就走,也就三十几公里了,兴许不误事。

李晓慧:这么偏的地方,雾又大,真不知道会不会有车来。

钱多多:加钱! 钱多总有人愿意来。

李晓慧:也只有这样了。

【警笛声远远传来,二人不安地相望,钱多多握紧了李晓慧的手。

外景　县道旁　稍后

【警车、救护车停在路边,警灯闪烁,一名警察在拍照,两个在测量和绘制现场图,一辆拖车正把三轮车固定好,三个医护人员在将尸体运上救护车。警车旁,一名姓王的警官在做现场谈话记录,钱多多赵威等人都站在他身边,赵威的头上已经做了纱布包扎。警灯的闪光照在各人脸上,显得阴晴不定。

王警官:事情就是这样?

孙溪广:确实是这样,请你相信我们,我们也都是有点身份的人。你看,这是我的律师证。

王警官:拿好,我记一下。

【一个警察走过来递上一个手机。

警察:王队,这是在死者身上发现的。

王警官:你拿去,看看能不能尽快联系上家属。

【警察走到一边翻看手机通讯录,赵威等人不安地相望一眼。

李晓慧:警官,我们可以走了吗?

王警官:不行,你们还要随我到交警队做详细笔录。

李晓慧:警官,我真的有非常非常重要的事情。

钱多多:是啊,她九点钟有一个几个亿的项目要投标。

孙溪广:警官,我九点也有一个大案子要开庭,我是全权代理律师,必须准时到庭,真的得马上走。我把电话留给你,随时配合调查。

王警官:那好,你们在这签个字,各人把电话也写上。

【钱多多、孙溪广、李晓慧在记录上签字,王警官合上文件夹。

王警官:(对其他人喊)都好了没有?好了我们撤。

【赵威走到孙溪广面前。

赵威:孙哥,我还是心里没底……

孙溪广:(拍拍他肩膀)别怕,一定要坚持我们的说法,争取交点押金就回家。另外,注意避开家属,先不要答应他们任何条件,一切我们回去商量。

【一名警察启动朗逸,一个警察走过来抓住赵威胳膊:走吧!

【赵威被塞进警车,钱多多忍不住难过起来。

钱多多:赵威——

【赵威只能透过车窗看看她,警笛响起,各车掉头鱼贯离开。

外景　县道边　稍后

【雾已经稀薄,三个人焦急地在路边候车。

钱多多:李姐,我这优步根本没人理,你那滴滴还没有联系上吗?

李晓慧:没有,我都加价到二百了。哎呀,已经八点一刻了,肯定要迟到了,今天怎么这么倒霉啊!

【一辆货车开过来,孙溪广冲到路边大喊挥手拦车,货车毫不理会,绝尘而去。

钱多多:孙律师,货车你也拦啊。

孙溪广:是车就行,哪怕拖拉机来我也拦。

钱多多:又一辆,我来! 师傅,停一下,师傅——

【一辆面包车开过他们,钱多多气得跺脚。

钱多多:这年头人怎么一点善心都没有! 白喊了几声师傅。

【哪知面包车却倒了回来,三个人大喜,赶上前去。

驾驶员:去哪?

钱多多:北京。

驾驶员:知道去北京,北京大着呢。

李晓慧:金融街。

驾驶员:到不了,最多到大望路。

孙溪广:行,到地铁口放我们下车就行。

　　驾驶员:一人一百。

外景　地铁站前　上午

　　【面包车停下,三个人下车,孙溪广李晓慧就急奔地铁口。

　　钱多多:李姐,我就在这坐公交啦。

　　李晓慧:不说了不说了,我赶时间,回见。

　　孙溪广:走啦走啦!

　　【钱多多看着二人消失在地铁口,回过身来,电话响起。

　　钱多多:主任,我在等公交呢,马上到。我们的车今天早上出了车祸,我能来上班就不错了,是,真的出车祸了。我没问题,真是怕人,见面再说吧,我车来了。

　　【一辆公交车进站,钱多多收起电话上车。

内景　钱多多办公室　上午

　　钱多多穿过走廊,教室内传来琅琅书声,偶尔有孩子跑过跟她问好。这是一所私立小学,孩子都不大。她推开自己办公室的门,同事们大惊小怪地围拢来。

　　同事甲:钱老师,你可来了,没事吧?

　　同事乙:听说你出车祸了,大家担心死了。怎么回事啊?

同事丙:没大问题吧?

同事丁:在哪发生的啊?

钱多多:早晨雾大,高速封了,我们只能走下面,结果在京唐路那个转弯口出事了。

同事甲:怎么样啊?

钱多多:撞死一个人。

【大家惊呼起来。

同事甲:那个弯口我知道,经常出事。我们学校有好几个学生是那边的,城乡接合部,我跟你说啊,那边人很不讲理的。

钱多多:是啊,我正担心我那朋友呢,会不会被家属打啊!

同事甲:打都是小事,主要目的还是要钱!

同事乙:现在碰个瓷都能讹你几十万,何况真撞死人呢。驾驶员恐怕要赔惨了。

同事丙:多多,你们不是拼车的吗? 会不会让你也出一份哦? 法律不是有什么连带责任吗?

钱多多:啊? 不会吧,我只是坐车,哎呀,我真是不清楚呢。

同事丙:杜老师,你不是正在准备司法考试吗,你说说呢?

【那个被叫杜老师的正在收拾上课用的教案和教

具。

杜老师:我那点法律知识哪成啊!但是拼车是这两年的新现象,好像法律还没有专门规定,我先上课了,课后我帮你查查有没有什么判例。

钱多多:谢谢。盛老师,下节课能不能请你帮我代一下,我有点不舒服。

同事丙:没事,你脸色很难看,好好休息吧。大家都该干吗干吗,让钱老师静一静。

【同事们散去,钱多多坐下来,下意识地打开包拿化妆镜,却拿出了行车记录仪,惊吓似的塞进包里,做贼一样回头看了看,接着想了想,拿钥匙打开抽屉把记录仪放进去,重新锁好。

内景 女厕所外间 钱多多家 上午

钱多多就着洗手池的龙头擦了把脸,又拢了拢头发,对着镜子镇定了一下,拿出手机给郑谦打电话,郑谦正在家里电脑前做设计图。

钱多多:喂? 老公——

郑谦:嗯? 这个点你不是有课吗? 怎么打电话来?

钱多多:老公,我们出车祸了。

郑谦:啊! 你怎么样? 有没有受伤? 你现在在哪里?

钱多多:我没事,只是赵威撞死了人。

郑谦:天哪,怎么出这么大的纰漏!是人家撞你们还是你们撞人家?

钱多多:这……是对方逆行,撞我们车上了。但是听说那边人很不讲理,恐怕麻烦还不小呢?

郑谦:哪里? 在哪里发生的?

钱多多:京唐路中间那个弯口。

郑谦:是不是叫什么后陈集的地方?

钱多多:我也搞不清,好像是吧?

郑谦:我以前一个客户是那边人,我请他了解了解,你把死者姓名告诉我。

钱多多:我哪里晓得,待会问赵威吧,他在交警那边。我得上课去了。

内景　交警队办公室　上午

赵威站在办公桌前,一名警察在数钱。王警官端着茶杯走过来。

王警官:给你说一下,刚才在路上,我们已经通过死者手机联系上了她的家人,现在正在医院认尸。这个钱只是事故处理的预付押金,现在责任认定书还没有出来,我们先放你回去,但是人命关天,你要做好赔偿准备。

警察:一万,刚好。我给你开个收据。

赵威:警官,责任认定书什么时候出来?

王警官:我们会抓紧的,但是我告诉你,你要有心理准备,你的责任也不小!那么大的雾,还开这么快不出事才怪。

【这时,院中突然吵吵嚷嚷地闯进一拨人,王警官把赵威推进后面小房间里。

王警官:快!你先躲起来。

内景　小房间内　稍后

【小房间里放着一些文件柜和杂物,隔着百叶窗帘的窗户,可以看见一个胳膊文身的家伙在大吵大闹。

文身者:杀人犯在哪里?你们把凶手交出来!

王警官:吵什么吵!知道这是什么地方吗?!

文身者:我不管,我只问你,凶手在哪里?

王警官:按照规定,肇事驾驶员在预交事故处理费之后,我们已经放人了。

文身者:放人?你们收点钱就把凶手给放跑了?!

王警官:什么凶手不凶手!事故没有认定之前,你不要乱说!

文身者:我乱说!我嫂子不是他撞死的吗?

一个老妇人:(试图拉着王警官的手并且哭了起来)警察同志啊,我那儿媳妇死得惨哪!大清早去卖菜,哪晓得出这么大的事啊!可怜我那孙女,才十一岁啊！

文身者：看见没有？听见没有？我的家是叫那狗日的毁了，我也要叫他家破人亡！

王警官：我警告你别冲动噢！一切有法律！我问你，叫什么名字？

文身者：陈刚！

【赵威浑身颤抖，顺着墙滑坐在地。

内景　钱多多办公室　中午

【几个老师正准备去食堂吃饭，钱多多依然坐在办公桌前发呆。

同事甲：钱老师，一起去吃饭吧？

钱多多：谢谢了，我真的不想吃。

同事乙：你也不要想太多。要不给你带点吃的？

钱多多：真的不用了，你们去吃吧。

【同事们离开并且轻轻地带上门，钱多多又轻轻走过去把门反锁，然后回到座位，打开电脑，又用钥匙打开抽屉，拿出记录仪，她打开记录仪，播放事故那瞬间的记录，小小的屏幕上，只见浓雾中驾车女的背影，头上包着红色的头巾，在晨风中飘拂，在汽车撞击的刹那，轻盈地飞了出去。

【钱多多咬住嘴唇，毅然将数据线连上电脑，准备删除记录。突然门锁转了转，但是没有打开，窗户上出现了那位杜老师向屋里看的脸,并且拍打玻璃。

杜老师:钱老师,帮我开下门。

【钱多多慌忙把记录仪又塞进抽屉,起身去开门。

外景　香河公交车站　晚上

已经是晚上七点半的光景,公交车站旁两边的路灯下,是一长溜的烧烤炸串涮锅的摊点,从北京下班回来的人们下了公交车,就在路边吃点,烟气缭绕,人声鼎沸。郑谦坐在一辆自行车的后座上抽烟等候钱多多。一辆公交车开来,钱多多忧心忡忡又疲惫地下车,郑谦马上扔掉烟头蹬着车子迎上前去。

郑谦:多多!

钱多多:我就知道你会来接我。

郑谦:我是你铁扇公主肚子里的孙大圣嘛,知道你没专车坐……

钱多多:郑谦!人家出了这么大的事你还开玩笑。

郑谦:不是看你情绪不好嘛。

钱多多:唉,我今天真是魂不守舍的,午饭都没吃。

郑谦:那,咱们就在这吃点?你喜欢的麻辣烫?也给你压压惊。

钱多多点点头,郑谦马上来了兴致,推车到麻辣烫摊位前支了车。

郑谦:老板,两位!

老板:随便坐,菜您自己选。

【郑谦替钱多多安排坐下。

郑谦:你坐着,我去拿菜。

菜架子前,郑谦往不锈钢盆子里挑着钱多多爱吃的菜,坐在灯泡下的钱多多的手机响起,她接了一个电话。就在郑谦把菜交给老板的时候,钱多多跑过来拉住他就走。

钱多多:郑谦,不吃了,快走! 老板,不好意思啊!

郑谦:怎么回事啊? 怎么也得先吃饭吧?

钱多多:快走吧,去孙律师家! 赵威夫人来电话,说和孙律师他们吵起来了。

内景 孙律师家的别墅客厅 晚上

【钱多多跳下车,郑谦把车子支好,二人按门铃,孙溪广沉着脸打开门让二人入内。屋里李晓慧、赵威坐在沙发上,赵威的夫人周倩倩站在赵威身旁,钱多多夫妻跟各人都打了招呼。

钱多多:郑谦,我给你介绍一下,李姐,很厉害的金融一姐哦。

李晓慧:(苦笑)多多,别这样说,我已经被解职了。

钱多多:啊?怎么会这样?是……招标失败了么?

李晓慧:招标倒是成功了,但是参加的人不是我,因为我迟到了。

钱多多:你们老板也不能这么绝情吧,毕竟你做了那么多。

李晓慧:霸道总裁,还有什么好讲呢。

孙溪广:还有我呢,因为迟到,直接被法院缺席审判判输,现在我的委托人已经通知要起诉我和我们事务所,赔偿他们损失两千三百万!两千三百万啊!

钱多多:啊!这……事情怎么会弄成这样?

孙溪广:问题还不只是这些,现在赵工发现那家人厉害,而且要赔得更多,要求我们一起分担。刚好你们也来了,大家今晚就把话说透。

郑谦:说透好,不管怎么说,大家都是要脸要面的人,毕竟朋友一场。

钱多多:对了郑谦,我让你打听一下那家人情况的呢?

郑谦:我客户不是那个村的,但是他说可以托人再打听打听……

赵威:(叹气)不用再打听了,我在交警队已经见过死者的小叔子了,描龙画凤的,在警察面前都非常横。

钱多多:就因为这个要多赔？现在毕竟是法治社会,还能任着他敲诈!

赵威:也不是……因为这个……

钱多多:那为什么?

孙溪广:(把茶杯一顿)因为他没买第三者责任险!

郑谦:兄弟! 你车天天路上跑,怎么能不买这个险呢?

周倩倩:也不是没买,是因为买车的时候直接买了一年的交强险, 一个月后牌照办下来买商业险也是一年,所以每年买保险都岔了一个月。今年交强险买了,本来昨天说好去买商业险的,都怪我值班给忘了,哪知道今天就出事了呢……

赵威:(恨恨地)我早几天就提醒你,保险要到期了,非得等到最后一天买,拖一天也不能给你省一天钱! 早买也是接着算知道吗? 从来就改不了这小算盘!

周倩倩:(眼睛红了)我……我的小算盘? 这一家子吃喝开销容易吗? 你是提醒了,你有提醒的工夫为什么不买?

赵威:我买? 钱不都是你管着的吗?

钱多多:这个时候, 你们夫妻互相埋怨有什么用? 关键先弄清楚要赔多少钱。

郑谦:赵威,责任认定有没有出来?

赵威:我问了王队长,差不多就对等责任吧。

钱多多:孙律师,对等责任到底能赔多少?

孙溪广:丧葬费实打实两万,少不了的,死亡赔偿金减半也得三十五万左右,关键现在可以确定的是死者还有一个婆婆,一个十一岁的女儿,还不知道有没有父母公公什么人,精神损失费那家人肯定也要要的,我估计总共得八十万,交强险赔个十万,还有七十万得自己掏。

【一群人一时都无语,郑谦丝丝地倒吸冷气,孙溪广用力吸烟,突然把烟头摁死在烟缸里。

孙溪广:赵工,不是我不帮你,我自己现在因为这个事故,已经自身难保了,而且你也明白,我已经帮了你大忙,甚至还……改变了事件性质,你没有理由要求我以及晓慧、多多,再替你承担责任。

周倩倩:孙律师,你……这是什么意思?

【郑谦也疑惑地看着大家。

钱多多:嘻,周姐,是……是这样,孙律师刚好有朋友在交警队,已经帮了大忙了。

李晓慧:你们也知道了,我为这件事都失业了,再说了,赵工,我就赶巧坐你这一回车,而且是付了钱的!我就不说你非法营运,不然你更麻烦了。

周倩倩:李女士!我们是收钱了,但是我们没有挣你一分钱!贴车贴人白服务了,总不能出事都推他一人头上吧?

钱多多:我问过我们一个学法律的同事,说这种不盈利的拼车叫什么好意同乘,在民法上属于合伙,应该利益共享、风险共担。

孙溪广:多多,你别忘了我也是搞法律的,你说的这些也就是一家之言,不管怎么说,他开车就应该承担主要责任。

钱多多:但是我们就没有一点责任吗?要不是你们催得紧,也不至于开得那么快吧?

李晓慧:我们是催了,可方向盘在他手上啊!

孙溪广:钱多多,你真是钱多是吧?我都不知道你是站在什么立场!我说过不会赔一分钱,既然你说到法律,那大家就法庭上见吧。

郑谦:孙律师,大家都朋友,何必对簿公堂呢?

赵威:(猛地拍了一下茶几,声嘶力竭几近悲鸣地大喊)别吵了!我卖房赔不行吗?我不要你们分担不行吗?

【赵威痛苦地揪着自己的头发,周倩倩喊一声"赵威"就哭了,搂住丈夫的头,赵威伏在她怀里号啕大哭。

赵威:(号啕着)倩倩,我对不起你,我对不起你……

【众人呆了。茶几上赵威的手机突然响起,儿子果果欢快的电话铃声显得特别别扭,赵威夫妻依然相拥,钱多多拿起电话递给他。

钱多多:赵威,电话……

【赵威不接,钱多多只好接听。

钱多多:喂?啊?!阿姨,你千万不要开门,现在就报警!我们这就赶过去!

郑谦:咋啦?

钱多多:那家人打上门来了。

【赵威喊一声"啊? 妈——"就冲出去,周倩倩和郑谦跟着跑,孙溪广和李晓慧在迟疑。

钱多多:孙哥,你们也去看看吧。赵威孩子小,他妈心脏又不好……

【孙溪广犹豫一下,和李晓慧跟着钱多多快步走出。

外景／内景　小区／楼道　晚上

【镜头跟着钱多多、孙溪广、李晓慧穿过小区,一直跑进赵威家所在单元的电梯口, 只见电梯数字还在上升,钱多多急得跺脚。

钱多多:(做祈祷状)快,快下来!

孙溪广:要不再报一次警吧?

内景　赵威家单元门口　晚上

【赵威家防盗门口的电梯和楼梯上站了大约七八

个人,陈刚一边骂着一边跳起来踹门,门内传来赵威母亲的哀求声和孩子的哭声。一个老妇人带着一个披麻戴孝的小女孩,女孩惊恐地看着这一切。

陈刚:我操你妈!做缩头乌龟是不是?撞死人了还躲?我看你他妈的能躲到乌龟洞去!开门!给老子开门!

门内赵威母亲:我儿子马上就回来。求你们不要踹门,吓着孩子!

陈刚:(继续踹)吓着孩子?你们的孩子就是孩子,我们的孩子还死了妈呢!开不开?再不开老子一把火烧了你这王八窝!

【叮的一声电梯门打开,赵威周倩倩和郑谦冲了出来。

赵威:不要吓我妈!人是我撞的,有什么跟我说!

陈刚:王八蛋终于来了,你们看,还真有种呢是吧?有种是吧?

【陈刚揪住赵威衣领,说一句扇一下他耳光,赵威反抗很无力,郑谦上前阻挡,被另外两个人推撞在墙上,周倩倩拖拽陈刚衣服,也被推开。屋内孩子的哭声更大了,喊着爸爸、妈妈。

周倩倩哭喊着:不许打人,求求你们不要再打了!

【电梯门再次打开,钱多多、孙溪广、李晓慧出来,那个女孩死死地盯着钱多多,但是钱多多没有注意。

钱多多:大家都冷静好不好?这样能解决什么问题呢?

孙溪广:大家听我说,我是律师,有什么大家坐下来说不行吗?

陈刚:(又推搡孙溪广)律师了不起是吧?坐下来说你妈头啊?能把我嫂子命说回来啊?

郑谦:多多快报警!

钱多多:早就报啦。别打了,别打了——

一个混混:(拳打郑谦)叫你还报警,叫你还报警!

陈刚:不要怕!警察来了也得给我们申冤,打!

【警笛响起,警灯闪光映进窗户。

钱多多:警察来啦!别打了。

【陈刚等人不听,继续动手,赵威等人被动防护。

【派出所所长等三名警察手持警棍电筒冲出电梯。

所长:住手!警察!

【警察用冒着电火花的警棍对着陈刚他们,陈刚不得不放手,赵威等人已经衣衫不整,赵威头上的纱布被扯落,嘴角在流血,周倩倩上前帮助他抹去血迹。

所长:怎么回事?

陈刚:(指着赵威)警官,这狗日的撞死了我嫂子,还想躲起来!

赵威:我没躲!已经报告交警处理了。

所长:小张,问问交警那边怎么回事?

【一年轻警察到一边打电话,那老妇人使劲把女孩朝警察面前推,女孩却向后躲。

老妇人:(哭状)警察同志,你看看,这么小的孩子就没了妈妈,叫我以后怎么活啊?我那苦命的媳妇哎——

所长:老太太你别哭。既然交警已经处理了,会给你们公平答复的。但是跑这打架闹事可不行!

陈刚:(叫起来)答复?交警收钱就放了他,明显偏祖这狗日的!不行,今天不给个说法我叫你家破人亡!

所长:要说法也得出去说,现在就出去!谁扰乱治安,谁就别怪我不客气!

陈刚:我哪都不去!也没地儿去!

所长:你!

【正要发作,年轻警察把手机递给他。

年轻警察:所长,交警队王队要跟你说。

所长:王队啊,我这边快打出人命啦!你把情况跟我说?那可不行!你在不在班上?在班上你赶快来!不然我这边事情解决不了。

【钱多多推推孙溪广。

孙溪广:警官,要不请大家都去我家谈吧？我那敞亮。

所长:你是谁？

孙溪广:我是律师,也是事故的见证人。

内景　孙溪广家客厅　晚上

【派出所所长坐在中间,其余人散坐,透过门窗可见,几个帮闲的混混在大门外抽烟,女孩畏葸地站在老妇人身后,不断地偷看钱多多。

周倩倩:出了这样的事情我们也很难过,大家素不相识,谁也不愿意发生这样的事。而且你们来之前,我们就在商量赔偿的事。

所长:看看,人家态度很端正,就这样好好商量多好!

陈刚:那好啊! 你们说,打算怎么办?

【王警官带着个警察大踏步走进来,边走边大声说话。

王警官:陈刚! 你小子就一会儿也不让人安生是不是? 又跑这里闹什么闹!

【所长站起来,很多人也都站起来,钱多多给王警官找了把椅子,王警官一屁股坐下。

所长:王队,可算把你给盼来了! 要不然这阵仗我可调解不了。

王警官:这事故是很简单的。陈刚,我可告诉你,经我们勘验检查,这次事故你嫂子嵇芳占主要责任,逆行撞了人家的车,赵威的责任在于雾天车速较快。但是考虑到人已经没了,我们认定双方对等责任,这就是普通民事案件了。责任认定书下午已经出来了,本来想明天送达你们的,刚好你们都在,我就带来了,都拿好。关于损失赔偿,根据责任比例承担。

【王警官从文件夹中拿出认定书递给赵威和陈刚。这时郑谦手机铃声大作,钱多多暗示他赶紧出去接电话,郑谦歉然起身出去。

王警官:当然,你们要是有异议,可以到支队申请复核。

这时郑谦在门外打手势要钱多多出去,钱多多没看见,李晓慧推了推她,她有点不情愿地走出去,郑谦向她小声说了什么并且把手机给了她,钱多多一脸诧异地到旁边接电话去了。

陈刚:异议不异议我不懂,我就想弄清楚他们得赔多少钱?

王警官:丧葬费一万五,死亡赔偿金二十年减半,大约三十万。

陈刚:(激动起来)那我妈谁养?我侄女,才十一岁,咋办?

王警官:你喊啥!你妈多大?

陈刚:喂,问你多大呢。

老妇人:六十八了。

孙溪广:算到七十五,那一半算四年十二万,你哥跟你该各承担一半,算到死者头上也就三万。孩子算到十八岁,一半算四年十二万,除掉你哥的是六万,抚养赡养一共九万。

陈刚:要你多什么嘴!

王警官:人家律师算得没错,这都是有法可依的。

陈刚:(跳起来)别拿什么法来吓我! 你们合伙想绕我是吧? 噢,死个人才四十万,我告诉你们,没有二百万,谁也别想过好日子!

王警官:(生气地站起来)我告诉你——

钱多多:(过来打断了王警官)王警官,我想问这个孩子一个问题。

【众人有点疑惑,钱多多径直走到女孩面前蹲下。

钱多多:孩子,你管嵇芳叫什么?

陈刚:(急了就要冲过去)你干什么?

王警官指着陈刚:你别动!

【女孩犹疑又害怕地瞟了一眼陈刚,欲言又止。

钱多多:不要怕,在警察面前要说实话,叫什么?

女孩:(低声地)阿姨。

王警官:什么?!

老妇人:(伸手推了女孩一把)死丫头,昏头啦!那不是你亲妈吗?喊啥阿姨!

钱多多:(护住女孩)所长,请你让人查查嵇芳跟他哥陈创到底是什么关系。

所长:小张,马上让值班人员查一下身份信息。

【年轻警察转身到一边打电话。

王警官:到底怎么回事?

钱多多:据我们了解,嵇芳跟陈创已经离婚三年了,这孩子是判给陈创的,因为本来就是陈创跟前妻所生,跟死者没有一点血缘关系。

王警官:好啊!闹了半天跟你半毛钱关系都没有!你这是存心敲诈!

所长:就你这样的,我都可以逮你了!

小张:所长,户籍科反映死者确实和陈创离婚多年,但是查不到死者任何亲属信息。

所长:这怎么可能?陈刚,我问你,嵇芳娘家人情况你了不了解?

陈刚:(有点气馁)我哪晓得这么多!她头脑有毛病,是我哥六年前从河南还是湖南那里带回来的,连身份证都没有,还是我托人给她在村里安的户口。

王警官:那你哥呢?

陈刚:谁知道死哪去了!离了婚就走了。

【众人不禁面面相觑,女孩无助地坐在角落垂泪。

陈刚：嵇芳现在虽然跟我没关系,但是毕竟做过我们家人,你们不会想就这样不赔了吧?

王警官：当然赔,放进专门账户将来交给死者真正的亲属,给你的只能是一万五丧葬费。

陈刚：一万五? 我还不管了呢,明儿就把尸首拖给你交警队。但是我告诉你姓赵的,叫你一家老小出门当心点! 别以为一个活人就可以白死的。

【陈刚一手拎起女孩,老妇人伸手撕拽女孩头上的孝布,女孩扭身挣脱。

老妇人：不是你妈还戴着这晦气东西干啥! 拿下来!

陈刚：(推了孩子一把)走! 没用的东西!

【女孩临走又深深地看了钱多多一眼,众人百感交集地看着他们离去。

所长：王队,这下死者还推到你这边了呢。

王警官：没办法,看情况,我只能申请按无主尸体火化了。赵威,明天你可以去领车,但是死亡赔偿金得按时交到民政账户。

赵威：行。谢谢你们了。

内景　孙溪广家客厅　稍后

【警察走后,众人不禁轻松起来。

孙溪广：赵威,现在没问题了吧? 抚养费什么的都没有了,交强险再赔十一万,也就剩下十九万了。

赵威:没问题没问题,谢谢各位了。

李晓慧:今天过的,就跟坐过山车一样。

钱多多:还好,安全着陆。

孙溪广:我这有朋友带来的法国小庄园酒,大家喝一杯?

【大家叫好,孙溪广拿来酒,手机却响了,他把酒交给郑谦,自己接电话。郑谦打开酒瓶,又打开酒橱拿出酒杯给大家斟酒。

孙溪广:真的?太好了。你放心主任,这次肯定不会出问题。

钱多多:快说说,什么好消息?

孙溪广:你们猜怎么着?委托方跟所里达成谅解,不提两千三百万的赔偿,让我帮他们重新上诉啦!

郑谦:好啊,这得好好干一杯!

周倩倩:只是李姐的工作还……

李晓慧:你们不要放在心里,我已经和朋友说好了,用公司给我二十万解职费,开一家自己的投资咨询公司。

孙溪广:来,预祝晓慧心想事成,干杯!

众人举杯:干杯。

钱多多:我提议,后天周末,大家一起去生态园野餐,好不好?

外景　生态园　白天

【疏朗的大树间绿草如茵,赵威的朗逸和孙溪广的 SUV 停在路边树下,天空湛蓝,白云朵朵,阳光洒在草地上,吊床、帐篷、木炭烤炉,男人们坐在餐布前喝啤酒,周倩倩和李晓慧在烧烤,草地上钱多多和果果在追逐嬉闹,泰迪也兴奋地跟着疯跑。

李晓慧:郑谦,多多这么喜欢孩子,你们怎么不抓紧造一个啊?

郑谦:主要分歧太大,她想要男孩,我想要女孩,没法协调。

周倩倩:你别听他瞎说,以前两人两地分居,多多是辞了老家的工作才来的北京。

赵威:现在不成问题啦,鼓励二胎呢。

郑谦:所以,咱准备一口气生俩。

【周倩倩把烤肉放进男人们面前的盘子里。

周倩倩招呼儿子:果果,烤肉好啦。你们不来吃点吗?

果果:我不吃,我要让阿姨教我唱歌。

孙溪广:对了,多多,你这个音乐老师今天给我们露一手吧!

钱多多:好啊。

【钱多多把果果叫到跟前密谋,果果高兴地拍手。

钱多多:听好了——

【钱多多和果果一起唱起儿歌《郊游》,还一边唱一边舞蹈,大家哈哈大笑。

孙溪广:哈哈,我幼儿园就会这个!

钱多多:那就来一起唱嘛,大家都来唱。

众人站起来加入他们, 手拉手嘻嘻哈哈地一起唱起来:

走走走走走,我们小手拉小手,

走走走走走,一同去郊游。

白云悠悠,阳光柔柔,青山绿水一片锦绣。

走走走走走,我们小手拉小手,

走走走走走,一同去郊游。

内景　教室内　上午

【《郊游》的歌声继续,却变成了孩子们的合唱,钱多多在弹着风琴伴奏。歌声结束,下课铃声响了,学生们噢噢地欢呼着跑出教室。

内景　教学楼的楼梯上　上午

【钱多多拿着课本教鞭等物下楼梯,突然被两个女孩从背后撞了一下,手中的东西落了一地,钱多多蹲下去捡, 其中一个活泼的女孩主动蹲下帮着捡起递给钱多多。

女孩:老师,对不起啊。

钱多多:没事的,以后下楼要小心。

女孩:知道了。我们走吧。

【女孩去拉另一个女孩走,那个女孩却站着不动,钱多多扭头一看,不由得吃惊地张大了嘴巴。那个女孩正是那天晚上的女孩!而女孩正死死地盯着她。

钱多多:你……

【女孩不说话,突然拉着同伴飞奔下楼,钱多多"哎"了一声,跟着追到楼下,但是女孩已经不见了。她一把抓住一个跑过的学生。

钱多多:有没有看见刚刚下楼的两个女生?知不知道是哪个班的?

学生:没看见,不知道。

钱多多焦急地转圈细看,走廊里、操场上,到处是嬉闹的孩子们,都穿着一样的校服,哪里还分得清。

内景　教学楼走廊　上午

【每个教室都在上课,钱多多一间一间教室寻找,她隔着窗户向里看,或者直接推开门张望,又在师生们诧异的目光中匆匆离去,终于,在五年级一个中年姓林的女老师的班上,她看见了那个帮她捡东西的活泼女孩,而女孩看见她则轻轻推她的同桌,同桌伏在课桌上不肯抬头。

林老师:钱老师,找人吗?

【钱多多摇摇头关上门。

【钱多多背靠墙站在教室外,目光空洞。教室里书声琅琅,在她听来似乎嗡嗡地震得她眩晕。

内景　中年女老师办公室　中午

【林老师看了钱多多一眼,喝了一口水,叹了一口气,钱多多有点歉然地坐在她对面。

林老师:那天陈冉冉的村里邻居来把她带回去,说是她家里出事了,第二天我才听我们班刘小涵说,你见过的,就是她同桌,她们一个村的,说她妈妈被撞死了,真没想到会是你们的车……

钱多多:林老师,您可能不了解,我们查过了,嵇芳真不是她妈妈,我亲口问过她,她喊她阿姨。

林老师:是吗? 我也不是太了解,你知道我们这种学校,生源杂乱,管理一直难以到位。我还以为就是她妈妈呢! 那女人我见过很多次,虽然有点傻,但是对陈冉冉真好,几乎天天卖完菜都会来看她,给她带吃的,包子啊鸡块啊,自己就在旁边看着孩子吃,怎么会不是她妈妈呢?! 而且,冉冉上学也是她交的学费,对了,我这里有学生家庭情况登记表……

【林老师从抽屉里翻出一个册子,翻到某页,指给钱多多看。

林老师:你看,家庭成员一栏:妈妈,嵇芳,后陈集镇五组……而且你注意啦,家庭成员就填了嵇芳一个人!

钱多多:这……

【这时,刘小涵站在门口敲了一下门。

刘小涵:报告!

林老师:进来。

【刘小涵走到林老师桌前,瞟了一眼钱多多。

刘小涵:报告老师,冉冉不肯来。

林老师:刘小涵,这是二三年级的钱老师。

刘小涵:我们都认识,长得最漂亮、唱歌最好听的老师。

钱多多:小涵,你能不能跟冉冉再说说,老师只是想了解一下她现在的情况。

刘小涵:(有点难过)她很不好,一个人偷偷哭。

钱多多:那她叔叔,还有她奶奶,不管她吗?

刘小涵:(气愤地)他叔叔是我们那有名的流氓,怎么会管她!昨晚还打她呢!她奶奶?冉冉最恨她了,她亲妈就是她害死的。

钱多多:啊?

刘小涵:真的,我们村人都这么说!冉冉小时候,她奶奶让她爸爸天天打她妈妈,她妈妈就上吊死了。后来冉冉就一直跟稽芳阿姨过,她也不认她爸爸。村里人都说,要不是稽芳阿姨,冉冉都活不到今天!可是,现在稽芳阿姨也没有了……

钱多多:那她现在,不是跟叔叔奶奶一起吗?

刘小涵:才没有,她还是一个人睡在稽芳阿姨的小屋里,她说睡那里就能看见稽阿姨……

内景　钱多多办公室　下午

【钱多多一个人坐在办公室里,她再次打开抽屉,拿出记录仪播放稽芳最后的画面。画面中,那个善良的人即将飞出去的时候,她定了格,盯着屏幕看。

内景　钱多多家餐厅　晚上

【餐桌前,心事重重的钱多多用不锈钢汤匙舀着麦片粥缓慢地一口一口地喝着,桌上面包以及其他的菜一点没动。郑谦拿着狗盆放到旁边,剥了一根火腿肠放进去,呼唤泰迪来吃,哪知泰迪闻闻却不肯吃。

郑谦:咦!真是个骚包!火腿肠都不吃,你还要吃龙肉吗? 快来吃!

【郑谦捉住逃开的泰迪,企图逼它吃饭,钱多多突然火起,重重地放下汤匙,冲过来一脚踢在泰迪身上。

钱多多:你不吃！你知不知道,有的人还没有吃的,你知不知道！

【泰迪叫着跑开,钱多多还想追打,被郑谦抓住了胳膊。

郑谦:你这是干吗？到底怎么啦？

【钱多多抱住郑谦哇地哭了,泰迪惊恐地叫了一声,怯怯地过来依偎着她的腿蹭来蹭去。

内景　钱多多家客厅　稍后

【钱多多坐在沙发上,抽出面巾纸揩拭面部,郑谦坐在她旁边,双手紧托住双颊。

郑谦:真没想到是这样。你打算怎么办？

钱多多:我想请大家来谈一谈。

郑谦:可是,事情好不容易才了结……

钱多多:可我,真的没法面对啊！

内景　钱多多家客厅　晚上

【李晓慧和钱多多坐在沙发上,钱多多在削苹果,郑谦坐在茶几横头泡茶,孙溪广坐在对面椅子上。

钱多多:李姐,几天不见,公司进展咋样？

李晓慧:注册资料都准备好了,就等验资了。

郑谦:我这是极品的大红袍,来,大家尝尝怎么样。

钱多多:你啊,藏两年了没舍得喝,还不知道有
没有过期呢。

孙溪广:那得好好尝一尝,大红袍是发酵茶,越
陈越香。

【孙溪广接过郑谦递过来的茶杯,这时门铃响起,
钱多多跑去开门,赵威一家三口站在门口。

果果:阿姨好。

钱多多:啊呀果果! 快来吃苹果。

果果:不,我要和狗狗玩。

钱多多:哦,去吧。周姐,这边坐。

孙溪广:赵威,快来喝茶,郑谦顶级的大红袍!

【果果去玩泰迪,赵威挨着孙溪广坐椅子,周倩
倩和李晓慧坐沙发,钱多多则坐郑谦对面的横头。

李晓慧:果果晚上不要早点睡吗?

周倩倩:他啊,一是想来看狗狗,二是想黏着
我们。

钱多多:孩子也不易,只有晚上这点时间可以见
着爸爸妈妈。

周倩倩:可不是嘛,早上走的时候他都没醒……

孙溪广:别说这个了,说吧多多,请我们来啥事
儿?

钱多多:这……

她有点难以开口,犹豫,接着就像下定了决心似的决绝起来。

钱多多:大家记得那晚的女孩吧,是我们学校五年级的学生,叫陈冉冉。

周倩倩和李晓慧:啊?

孙溪广:那又怎么样?

钱多多:陈冉冉四岁的时候,亲生母亲因为她奶奶的撺掇,经常遭到她爸陈创的毒打,受不了就上吊死了,孩子根本没人问。后来嵇芳来了,对她像亲生母亲一样,即使离了婚,孩子也一直跟她过,读书上学都是嵇芳供着。现在嵇芳死了,孩子真的很惨,奶奶不管,那个陈刚还打她。

【众人各怀心思不说话。

孙溪广:多多,你到底什么意思?

钱多多:我是想,请大家想想办法,能不能帮帮她?

李晓慧:哎,确实是令人同情。

周倩倩:但是,这也是他们自己家的事情。我们哪里管得着?

赵威:你想让大家再出抚养费?

钱多多:我倒不是想让大家另外出钱,我就在想,能不能跟警察说明情况,把那笔死亡赔偿金直接给她?这样就足够孩子生活到成人了,总比交给民政强,而事实上她就是嵇芳的养女……

孙溪广:事实上?事实上法院恰恰判给了陈创。

钱多多:陈创事实上没有尽父亲的一丁点义务,而是嵇芳这么多年像母亲一样在照料她,这一点,她们村里人是公认的。对了。我咨询过,这就是事实收养。

孙溪广:事实收养?警察要是承认了就行了吗?那才是噩梦的开始!我问你,嵇芳死了,现在谁是陈冉冉的监护人?那个流氓陈刚!只要陈冉冉作为嵇芳的继承人,那个陈刚就有理由找上门来,那么不光是死亡赔偿金,抚养费、精神损失费等等又可以旧话重提!

李晓慧:是啊,那种人,为了钱,什么事都做得出来的!

周倩倩:我们好不容易才摆脱了他,说什么也不能再跟他扯上关系!

【钱多多愣住了。

钱多多:那……我们能不能从人道主义的角度给点钱?

赵威:给钱?恐怕最后一分钱陈冉冉也拿不到!

孙溪广:也不要说什么人道主义?他们只会认为你心中有鬼!心中有愧!

钱多多:难道我们心里真的没有鬼吗?一个孩子

落到今天的地步,不是我们造成的吗？你们心里难道就没有一点点愧疚吗？

赵威:我们有什么愧疚？我们根据责任认定书已经做了我们该做的事情,那是有法律效力的文件!

钱多多:可你知道那认定书怎么来的!

孙溪广:(一拍茶几,茶杯滚落地下摔碎了)钱多多!

果果:(吓哭了)哇——阿姨,爸爸妈妈,你们别吵架了。

【周倩倩抚慰果果,钱多多也很歉意。

钱多多:果果不哭……

孙溪广:(意味深长地)你看看,你这样闹下去,会给果果带来多少痛苦!

钱多多:(很矛盾)我就是想,一个可怜的孩子,哪怕是我们不认识的,我们也应该帮忙的,何况她的遭遇毕竟跟我们有牵连,我们都是白领、中产,怎么就不能担当起自己的责任呢？

赵威:担当？你以为我们不想担当吗？当年我以省状元考上清华的时候,是何等的意气风发,怀着多么远大的梦想,可现实呢？我在北京连落脚之地都没有,孩子上学都成问题。我们看起来是白领、中产,那只是纸糊的外壳,一点点磕碰都可能把我们打回原形,家人不能生病,自己不能失业,在这个物欲横流的时代,我们只能战战兢兢地活着,活着就是全部!还奢谈什么担当!这世界上的苦难多了去了,我们担当得起吗?

钱多多:可你自己的责任终究要你自己扛!面对一个被你伤害的弱者,你总要面对你自己的内心!

郑谦:钱多多,你不要再说了!

孙溪广:我们这边谈!

【孙溪广冲过来不由分说地拽着钱多多进了隔壁的房间,并且关上了门。

内景　钱多多家小房间　时间承上

【孙溪广一进房间就把钱多多抵在墙上,低声而激动地质问她。

孙溪广:你要干什么?你要再这样闹下去事情就要全部戳穿了知道吗?赵威会倾家荡产,会去坐牢!你看看果果,比你那个陈冉冉更小吧,会陷入悲惨的童年,会因为一个犯罪的父亲对他产生一辈子的影响!你还可能把他心脏病的母亲逼死!你以为你是在帮助人?你是在害人!你在害我们每个人,包括你自己!你别忘了,我们都犯有伪证罪!

钱多多:伪证罪?

孙溪广:是!三年以下有期徒刑,严重的七年!

钱多多:啊?

孙溪广:这件事到此为止,不许再提!记住了没有?!

【钱多多说不出话来,惊恐加上激动,只能机械地点头,孙溪广开门出去,又砰然关上门,门内,钱多多颓然坐倒在小手掌型的沙发上。

内景　钱多多家客厅　时间承上

孙溪广一出来,大家用询问的眼光迎上他,孙溪广甚至微微一笑。

孙溪广:没事了,她已经想通了,不提这事了。

赵威:就这样吧,回家。

【郑谦送大家出门。

郑谦:真对不起各位,她就是一时激动,我再劝劝她。再见。

果果:叔叔再见。

内景　钱多多家小房间　时间承上

郑谦推门走进房间,钱多多坐在小沙发上发呆,郑谦蹲下来。

郑谦:孙律师跟你说什么?

钱多多:(似乎一惊)没,没什么。

【郑谦盯着她,钱多多有点不自在,回避着他的目光。

郑谦:那你说心中有鬼什么意思?

钱多多:我,我说了吗?可能,激动了口不择言吧……

郑谦:你们有什么事瞒着大家。

钱多多:真没有。

郑谦:(又仔细地看了看钱多多)好吧,但是我提醒你,都是好朋友,不要弄得大家不愉快。

内景　教室　上午

【钱多多在给孩子们上课,神态有点例行公事的心不在焉。

钱多多:同学们,这首歌是美国电影《音乐之声》里面最著名的一首歌,获得过奥斯卡大奖,有没有人看过这部电影?

学生们:没——有——

钱多多:这部电影讲的是一个非常聪明美丽的修女玛利亚,到海军上校家里做家庭教师的故事,上校家有七个非常调皮的孩子,已经气跑了十一个老师。玛利亚呢非常喜欢唱歌,她用音乐感染了孩子们,最后和孩子们成为了好朋友。这首歌就是她用最基本的七个音符,给孩子们编写的很快乐的歌,大家先听我唱一遍……

【这时,钱多多看见林老师和刘小涵急匆匆地从窗外走过,刘小涵似乎还在跟林老师说着什么。钱多多一下子凌乱了。

学生们:老师,快唱啊。

钱多多:哦,好,大家听好。哆是一只小母鹿……

外景　林老师办公室门口　上午

【林老师拿着书本刚刚出门,诧异地发现钱多多有点紧张地站在门口。

林老师:钱老师? 有事吗?

钱多多:没,没事……

【林老师狐疑地看了她一眼,"哦"了一声就走。

钱多多:(追上去)我,我就想了解下陈冉冉的情况。

林老师:(冷淡地)她辍学了。

钱多多:啊? 怎么会这样?

林老师:(停下脚步)怎么会这样? 问你自己吧。对不起,我要上课了。

林老师大步离去,留下钱多多愣愣地站在走廊,跑来跑去的孩子们不免碰到她,她看起来毫无知觉。

钱多多喃喃自语:问你自己吧,问你自己吧。

外景　后陈集镇　下午

【这是北方典型的小镇,脏乱、萧条却又充斥着各种电器的喧哗,街头停着载客的摩的或三轮车,私家车也有不少,上下贴着瓷砖的暴发户似的楼房和老旧的平房挨着,伪劣商品的摊子看起来琳琅满目,一直摆到路中间,店铺开着门却没什么生意,店里大多是在打麻将的身影。理发店、桌球台边,总是站着一些染发的混混,不时有摩托车轰然驶过。

【钱多多一身薄款长风衣搭配流苏的蓝灰色围巾、香奈儿坤包和中跟的新款菲拉格慕皮鞋,迷茫而不安地走在这格格不入的街上,混子们目光龌龊地盯着她,不怀好意地私语或吹口哨,继而爆发出哄然大笑。

【一个妇女端着一盆水泼在街上,钱多多试图向她问路。

钱多多:请问……

【妇女跟没看见似的转身回屋。

外景　杂货店

【钱多多买了一瓶水,杂货店的老板倒很热情地走出来给她指路。

外景　小屋　下午

【这是一个位于街后的小屋,只有两间,破败欲倒,一条碎石路通向门前,门前倒有一丛月季开得正艳。木门紧闭着。

【钱多多迟疑着,还是向小屋走去。

【她无奈地看着门上的锁。又走到窗前向屋里观看,里面黑黢黢的,隐约可见一张床,床前的桌子上放着书包。

【窗台上晒着运动鞋,其中一只掉在地下,钱多多捡起来,跟另一只整齐地放好。

【远处有三个小孩好奇地窥探她。

外景　陈刚家院内　稍后

【钱多多走向陈刚家的时候,三个小孩也不远不近地跟着她。陈刚家三间平顶房,院子的大铁皮门开着,陈刚母亲正在屋里打麻将,钱多多走进铁门的时候,院子里拴着的一只狼狗汪汪地叫起来。钱多多吓得站住了,听到狗叫,陈刚母亲和三个妇人放下麻将一起走了出来。

妇人甲:啥人啊?

陈刚母亲:撞死嵇芳那一伙的。你来干什么?

钱多多:我想看看陈冉冉。

陈刚母亲:看? 有什么好看的! 还被你们害得不够惨吗? 走走走!

钱多多:大娘……

【这时摩托车响,两辆摩托车直接开进了院子,陈刚等四个人醉醺醺地下了车。

陈刚:(打量着钱多多)嗬! 找上门了! 美女,你又想干啥？

钱多多：我来看看陈冉冉，我，我是她老师。

陈刚：老师？哈哈哈，她居然说她是老师！老师有你这么对待学生的吗？不是你，她妈会白死？

钱多多：我也是才知道。

陈刚：现在知道了，你要怎么样？赔钱？

钱多多：我想知道陈冉冉为什么不上学了。

陈刚：上学？你害得她一分钱赔偿都拿不到，拿什么上学？

钱多多：九年制义务教育，你不给她上学是违法的。

陈刚：哈哈哈哈，违法？你少给我上课！老子给她一口吃的就不错了，还义务！

钱多多：她在哪里？我要见见她。

陈刚：告诉你，打工去了。

钱多多：什么！你让这么小的孩子打工？

陈刚：不打工老子白养着她啊？想不让她打工也行啊，拿钱来！

【钱多多说不出话。

陈刚：不拿钱还在这里装好人！趁早滚！不然别怪我不客气，滚吧！

【陈刚推了钱多多一把，钱多多挣扎。

钱多多：不！我要见她。

陈刚:滚!

【狼狗狂吠,钱多多趔趄着被推出门外。

【三个小孩偎在一起看着她。

外景 / 内景　寰球网吧　下午

【钱多多走向寰球网吧。

【网吧的吧台上贴着"禁止接待未成年人",四十多岁的老板叼着烟,正在玩一款色情游戏,看见钱多多进来感觉很诧异,不由得站起来。

老板:上网?

【钱多多不理他,眼睛四处张望。网吧内灯光昏暗,都是半大孩子在上网打游戏,虽然不少人戴着耳机,依然比较嘈杂,钱多多轻易地就看见了拿着托盘在最里面服务的陈冉冉,几个十五六岁的小混混正在戏弄她,其中一个拉住她的手不让她走。

陈冉冉:放手哇!

混子甲:答应我,做我女朋友就放手!

混子乙:冉冉,别理他!做我女朋友吧,哥带你去K歌!

陈冉冉:行,你先把饮料钱付了。

混子乙:这不小 case 吗?剩下的算小费!

混子乙掏出一张票子拍到陈冉冉手里,陈冉冉转身欲走,却看见了正在走来的钱多多,人一下子就僵住了。

混子乙:别走啊,陪哥打完这一把……

钱多多:(一把拉住陈冉冉的手)冉冉,你跟我来!

【陈冉冉站着不动,紧闭着嘴不说话。

混子乙:哎,你谁啊?

钱多多:我是她老师!

陈冉冉:我不认识你!

钱多多:你!

【混子们围过来。

混子乙:好啊!居然冒充老师!我告诉你,她我女朋友,你少啰唆!

钱多多:(愤怒地)敢猥亵未成年人,你们想犯罪是不是?走啊,到派出所说去,看还是不是你女朋友!

【混子们被她镇住了,陈冉冉却挣脱钱多多的手从后门跑出去,钱多多追出去。

钱多多:冉冉——

外景　巷子　下午

【巷子里,钱多多追逐陈冉冉。

钱多多:冉冉,你停一下!

【陈冉冉不听,钱多多好不容易追上她,紧紧抓住她的手。

钱多多:冉冉,你不能这样,不能再在这里……

陈冉冉:我不要你管,我不要你管!

【钱多多蹲下来,诚恳地平视着陈冉冉,语气温柔,想尽量打动她。

钱多多:听老师话,回去上学吧!如果没有钱,老师给。

陈冉冉:(盯着钱多多,缓慢却很用力地问)为什么你要给我钱?

【钱多多愕然,说不出话来。

陈冉冉:我没有叫过你老师,现在我叫你一声。老师,我只想问你一个问题,请你跟我说实话。

钱多多:(有点紧张地)好。

陈冉冉:(一字一顿地问)我阿姨她,真的是逆行撞了你们的吗?

钱多多如被雷电击中,靠在了墙上,浑身发抖,不能迎视孩子清澈却似乎有穿透力的目光。

陈冉冉:请你说真话,真的是逆行吗?

钱多多:(面容扭曲,半晌,终于声音颤抖着答)是。

陈冉冉:(反而流下泪来)我不明白,她那个时间也是要去北京的,她每天都要去卖菜,怎么会逆行?怎么会有你……

【陈冉冉奔出巷子,钱多多瘫坐地上。

外景　县道　傍晚
　　【一辆三轮车突突地行驶,钱多多坐在车厢内,面无表情,风穿过车厢,吹动她的头发和流苏的围巾。

外景　县道　傍晚
　　【车祸的地点,三轮车停在不远处,车夫坐在车上漠然地抽烟。
　　【钱多多走到她那天站立的路边,像当时一样慢慢地向沟底看去。
　　【沟底空无一物。
　　【沟底,嵇芳躺在蔬果丛中,明亮的眼睛看着天空,鲜血从她的额角流下来,整个画面犹如一幅油画。
　　【钱多多走下沟去。
　　【沟底,钱多多在嵇芳的位置躺下来,眼睛看着天空,眼神空洞。
　　【天上,一朵白云轻飘,有云雀啁啾飞过。

外景　公交车站　晚上
　　【钱多多平静地走下公交车,站台上没有郑谦迎接的身影,两边依然是灯火下热闹的小吃,依然有摊贩不停地招呼她,她都微笑着摇头拒绝。

外景　小区内　晚上

【钱多多一进小区,就看见自家楼下警灯闪烁,两辆警车停在路边,围了很多人,还有人从她身边跑过去看热闹。钱多多走到不远处的树下停住。

只见两名警察押着赵威走出单元门,押上警车;周倩倩带着果果追出来,周倩倩一手捂着嘴抽噎着,一手紧紧地拉着果果;果果挣扎着企图跑向警车,哭喊着"爸爸"。

【警笛响起,两辆警车从钱多多面前开过,前面一辆警车里,透过车窗,孙溪广刚好与钱多多打了个照面。

果果:(挣脱周倩倩的手,追着警车)爸爸,爸爸——

钱多多难过地隐身树后,果果和周倩倩相继跑过她隐身的大树。

内景　钱多多家　晚上

【钱多多掏出钥匙打开屋门,屋里一片漆黑,她叫了一声"老公",但是并无回应。她关上门打开灯,一回头,赫然发现郑谦就坐在餐桌的灯底下看着他,下垂的餐灯从上方照在他脸上,显得有点瘆人。钱多多放下包,解下围巾挂好,平静地走到郑谦的对面。

钱多多:怎么不开灯?

郑谦:我怕,我怕人家知道还有我们这样的人家存在!我恨不得躲在黑暗里,躲进地缝里,一辈子不要见人!你为什么要这么做?为什么要这么做?早就跟你说过,我跟赵威上大学时就是朋友,一起北漂,一起住地下室,一起吃过两个月的方便面,包括一起到这来买房子,就是想好好相处。还有孙大哥,没少帮我们。可这,都让你毁了!你想帮助那个小女孩,我们给她钱不行吗?可你居然一声不吭就拿记录仪去举报!

钱多多:不是钱的问题,钱买不来心安。毕竟那是一条人命,还有一个受伤害的孩子,郑谦,请你体谅我,我实在受不了了,我不能再在撒谎和欺骗中活着了。

郑谦:你这样把死人救活了吗?你把更多的人拖下了深渊!

钱多多:我没有!那是,他们本该付出的。我想明白了,所有欠的账,该还的都得还!哪怕现在困难点,但是能活得踏实、活得坦然。

郑谦:(气得指着她的手指直哆嗦)你坦然,你听没听见果果在哭,周姐在哭?你居然一点不愧疚,还厚颜无耻地说坦然!我一直以为自己娶了个善良、单纯的老婆,却没想到娶了你这样自私、阴狠的女人!

【郑谦一把将桌上东西扫落在地,花瓶和摆件摔碎了。郑谦愤然离去,咣地一下关上了隔壁房间的门。

【钱多多蹲下,捡起摔碎的老头老太摆件,她试图把老头老太的头拼接好,可是不成功,按住了这个那个又掉了。她把碎片握在胸口,压抑地哭了。

外景/内景　学校宿舍　傍晚
【这是一幢老旧的筒子楼,钱多多在二楼的走廊上收床单衣物,站在二楼,可以看见操场上嬉闹的孩子们。

【钱多多把床单衣物拿进屋,这是一间不大的房间,铺了一大一小两张床,大床的床头放着一个拉杆旅行箱,窗前有一张书桌,桌上有一碟包子和一个饭盒。钱多多给那个小床铺床单。

陈冉冉:(进来)老师。

钱多多:放学啦?

陈冉冉放下书包,就来帮钱多多铺床。

钱多多:先吃饭吧,我刚从食堂打回来的,趁热吃。

陈冉冉:铺好了一起吃。

内景　学校宿舍　傍晚
【钱多多和陈冉冉在吃饭,林老师带陈刚到来,陈刚现在倒显得有点拘谨。

林老师:钱老师,有人找。

陈刚:钱老师。

钱多多和陈冉冉站起来。

陈冉冉:叔叔。

陈刚:冉冉,跟钱老师在这里还好吧？钱老师,我们村里人都说,冉冉真是有福气,跟着你这么好的人。

钱多多:可惜房间太小,也没地方给你坐了。

陈刚:哦,我不坐,我来是把赔偿金送来的。死亡赔偿金七十万,冉冉抚养费二十万,精神损失费我们就没要,一共九十万,都在这存折上了。您拿好。

钱多多:(接过存折)我声明一下,这些钱我不会用一分,等冉冉十八岁,我会把剩下的钱全部交给她,这个你们可以监督。

陈刚:我们相信你！说真话,钱老师,除了你,长这么大,我还真没佩服过谁。

钱多多:你知不知道什么时候开庭？

陈刚:快了吧。

内景　看守所　白天

【一个警察带着钱多多和陈冉冉走进探视室。

警察:你们在这等会儿,犯人一会就到。

钱多多:谢谢。

【警察带上门出去。

钱多多:冉冉,你要知道,这种事情谁也不是有意的,人与人之间应该宽容,不要总记着仇恨。而且这个叔叔也是个很好的人。

陈冉冉:我明白。

【里面传来铁门开启的声音,一个警察搀着戴手铐的赵威走进探视室。钱多多激动地走过去,与赵威隔着玻璃相望。

钱多多:(忍不住流泪了)赵威……你还好吗?

赵威:(百感交集)没想到,你能来看我。

钱多多:我今天特地带冉冉来,让她亲手交给你亲属谅解书,希望庭审时能帮到你。冉冉?

【陈冉冉从书包里拿出谅解书,从玻璃缝递进去。

陈冉冉:叔叔,希望你早点出来。

【赵威却把谅解书推了回来。

赵威:谢谢,我不要!

钱多多:赵威! 你这是?

赵威:多多,我不是不需要谅解,我更需要一场审判,一场真正的审判。如果说,第一次的车祸只是偶然,第二次的谎言,才是真正的伤害! 我不知道这样的伤害到底有多深。进来之前我经常半夜惊醒,进来以后却睡得很安稳。你们把它拿走吧,我要等待这场判决。

外景　看守所大门外　白天

【钱多多和陈冉冉走出看守所大门，迎面碰上了周倩倩和果果，二人相互凝望。

钱多多：周姐……我今天带冉冉来，是给赵威送亲属谅解书的，可是他不要，你收下吧，法庭上或许会有用。

【钱多多拿出谅解书递给周倩倩，周倩倩收下。

周倩倩：谢谢。

钱多多：周姐，对不起，害你卖了房子。

周倩倩：还好，幸亏孙律师郑谦和李姐承担了一半，我们负担也不算多。

钱多多：他们，还好吧？

周倩倩：都在家取保候审呢，孙律师律师执照被吊销了，李姐的启动资金拿来做了赔偿，公司也开不成了。

钱多多：你有什么打算？

周倩倩：卖房还剩下八十多万，准备在老家再买一套。

钱多多：你们，真的要回去？

周倩倩：是啊，回去吧！这地方真不是我们能待的，人就这一辈子，想想真没必要这么拼。

钱多多：也是，我也打算回去了。

周倩倩：非得要跟郑谦离婚？

钱多多:你见过,我们家餐桌上的瓷雕吧,那天打碎了,就是用胶水粘,也不是原来的样子了。

周倩倩:谁不是呢?经过这件事,谁的生活都不是原来的样子了。

外景　看守所大门外　白天

【钱多多目送周倩倩走向看守所,然后挽起陈冉冉。

钱多多:走吧。

外景　原野上　白天

【钱多多和陈冉冉向远方走去。

陈冉冉:老师,你的家乡在哪里?

钱多多:江南听说过吗?

陈冉冉:我不知道,我只会知道那首诗,江南可采莲,莲叶何田田。鱼戏莲叶东,鱼戏莲叶西,鱼戏莲叶南,鱼戏莲叶北。

【淡出。